Andreas Schlüter · Irene Margil

Doppeltreffer

Fünf Asse

STECKBRIEF

Michael: Athlet

Alter:
12 Jahre

Nation:
USA

Geschwister:
keine

Hobby:
Krafttraining

Lieblingsfarbe:
gold

Sternzeichen:
Widder

Schwäche:
protzt manchmal mit seinen Muskeln

Stärke:
meistens schnell im Handeln

Motto:
„Köpfchen allein genügt nicht. Kraft gehört dazu!"

Lieblingsfächer:
Gibt es nicht!

Berufswunsch:
Sport-Animateur, Fitnesstrainer

S

Geschwister:
Schwester Huong

Hobby:
Pflanzen, Bons

Lieblingsfarbe:
grün

Sternzeichen:
Löwe

Schwäche:
manchmal gef

Stärke:
ruhig und a

Motto:
„Es gibt i

Lieblingsfäch

Biologie,

Berufswuns

Richteri

STECKBRIE

Jabali: Läufer

Alter:
12 Jahre

Nation:
Südafrika

Geschwister:
Bruder Rasul, 6 Jahre

Hobby:
Eisherstellung

Lieblingsfarbe:
täglich wechselnd

Sternzeichen:
Waage

Schwäche:
ist manchmal lieber allein

Stärke:
ausdauernd, geduldig

Motto:
„Nicht weglaufen, sondern hinlaufen!"

Lieblingsfächer:
Mathematik

Berufswunsch:
Sportwissenschaftler

CKBRIEF

: Kämpferin

ahre

n: Deutschland, ihre
rn kommen aus Vietnam

ahre

Blumen

n wie eine Giftschlange

chen

einen Weg."

ders: Pflanzenkunde

STECKBRIEF

Ilka: Schwimmerin

Alter:
12 Jahre

Nation: Australien, die
Eltern kommen aus Deutschland

Geschwister:
keine

Hobby:
Zierfische, Salzwasseraquarium

Lieblingsfarbe:
türkisblau

Sternzeichen:
Skorpion

Schwäche:
hasst ihre Sommersprossen

Stärke:
unternehmungslustig, zuverlässig

Motto:
„Achte jedes Tierchen!"

Lieblingsfächer:
Physik, Chemie, Biologie

Berufswunsch:
Meeresbiologin oder Sportärztin

STECKBRI

Lennart: Ballkünstler

Alter:
12 Jahre

Nation:
Deutschland

Geschwister:
keine

Hobby:
Jonglieren und Bällesammeln

Lieblingsfarbe:
Linhs Augenfarbe

Sternzeichen:
Schütze

Schwäche:
manchmal hektisch und nervös

Stärke:
lebendig, kommunikativ

Motto:
„Erst zielen, dann handeln."

Lieblingsfächer:
Englisch, Deutsch

Berufswunsch:
Dolmetscher

© Iris Hogreve

Andreas Schlüter, geboren 1958, ist einer der erfolgreichsten Kinder- und Jugendbuchautoren der letzten Jahre. Gleich sein erstes Buch ›Level 4 – Die Stadt der Kinder‹ wurde ein Bestseller. Neben den zahlreichen ›Level 4‹-Bänden sind auch seine ›Heiße Spur . . .‹-Abenteuer um Marion und das sprechende Chamäleon bei dtv junior im Taschenbuch lieferbar.
Zusätzliche Informationen über Andreas Schlüter und seine Bücher stehen unter www.aschlueter.de und www.fuenf-asse.de zur Verfügung.

© privat

Irene Margil, geboren 1962, entdeckte im Alter von neun Jahren zwei Leidenschaften: das Fotografieren und den Sport. Das Fotografieren machte sie zu ihrem Beruf, den sie bis heute in Hamburg ausübt. Basketball, Skifahren, später Wen-Do und Karate waren ihre bevorzugten Sportarten, bis sie mit 33 Jahren das Laufen entdeckte. Sie läuft Halbmarathon und Marathon. Daneben ist Irene Margil ausgebildete Lauftherapeutin und Nordic-Walking-Trainerin. ›Fünf Asse‹ ist ihr erstes gemeinsames Buchprojekt mit Andreas Schlüter bei dtv junior. Zusätzliche Informationen über Irene Margil und ihre Bücher unter www.irenemargil.de.

Andreas Schlüter · Irene Margil

Doppeltreffer

Fünf Asse

Sport-Krimi

Mit einem Daumenkino
von Karoline Kehr

Deutscher Taschenbuch Verlag

In der Reihe ›Fünf Asse‹ sind außerdem erschienen:
Startschuss (Mini-Olympiade)
Schulterwurf (Judo)
Schmetterball (Tischtennis)
Fehltritt (Klettern)
Abgetaucht (Schwimmen)
Ausreißer (Radfahren)
Spielmacher (Basketball)
Pistenjagd (Skifahren)
Fallrückzieher (Fußball)

Das gesamte lieferbare Programm von dtv junior
und viele ander Informationen finden sich
unter www.dtvjunior.de

Originalausgabe
April 2010

Umschlagkonzept: Karoline Kehr
Umschlagbild: Karoline Kehr
Lektorat: Katja Korintenberg
Gesetzt aus der Lucida Sans 11/14,5'
Gesamtherstellung: Druckerei C. H. Beck, Nördlingen
Gedruckt auf säurefreiem chlorgebleichtem Papier
Printed in Germany · ISBN 978-3-423-71397-9

Der Neue

»Jedes Mal die gleiche Hektik!«, schimpfte Lennart, während er mit Michael eine Bank zur Seite stellte. Sie hatten gerade das Zirkeltraining beendet. Seit einem halben Jahr kam direkt im Anschluss daran Eric mit seiner Fechtgruppe in die Halle. Da blieb nicht viel Zeit, die Geräte, Matten und Bänke wegzuräumen.

»Keine Panik«, sagte Michael. »Wir stellen das Ding mal gaaaanz langsam ab.« Als seine Seite der Bank schon den Boden berührte, hob er sie noch mal an und ließ sie abermals sehr langsam herab. Typisch Michael! Er ließ keine Gelegenheit aus, seine Kraft zu trainieren.

»Schluss für heute!«, entschied Lennart. Er hatte seine Seite der Bank längst abgestellt und war schon auf dem Weg zur Umkleide.

Linh kam ihm entgegen, bereit für das Fechttraining.

Lennart grüßte sie und zeigte mit dem Daumen hinter sich

Richtung Michael: »Der kann mal wieder nicht genug kriegen!«

Linh grinste ihn an. Sie kannte Michael ebenso gut wie Lennart.

»Er sieht ja auch schon ganz schwach aus und hat das Sondertraining nötig«, kicherte sie, klatschte Lennart mit der Hand ab und sah ihm nur kurz nach, als er die Halle verließ.

Michael hob und senkte die schwere Bank noch einige Male, wobei er mit einem versteckten Blick seine Oberarme betrachtete. In dieser Haltung kamen seine Muskeln besonders gut zum Vorschein.

Linh konnte Michaels selbstverliebte Blicke dennoch sehr gut sehen. Sie ging auf ihn zu, den Fechtanzug über den rechten Arm gelegt. Das Florett, dessen Klinge mit einem einfachen Plastiküberzug geschützt war, hielt sie in der Hand. In der anderen trug sie eine Art Gitterhelm, die Maske. Zu Beginn des Trainings waren sie alle nur mit Sportschuhen, dünnen Shorts und Shirts bekleidet.

»Hallo Michael!«, grüßte Linh. »Na, willst du doch beim Fechten einsteigen oder wieso bist du noch hier?«

»Du weißt doch, dass ich Piratenspielchen noch nie mochte«, antwortete Michael in leicht genervtem Ton. Er schob die Bank beiseite, gab Linh einen kleinen freundschaftlichen Klaps auf die Schulter und ging zum Ausgang. »Bin schon weg!«

Linh sah ihm mit einem Seufzer hinterher. Seit einem halben Jahr versuchte sie immer wieder vergeblich, einen ihrer Freunde für das Fechten zu gewinnen, das neuerdings am Nachmittag in der Trainingshalle neben der Schule angeboten wurde. Dabei konnte man sich das Training sogar als Unterrichtsstunde anrechnen lassen, obwohl es sich um eine freie Trainingsgruppe handelte, an der jeder aus der Stadt teilnehmen konnte. Nur so ließ sich der neue, zusätzliche Trainer Eric von der Schule finanzieren.

Kurz vor der Tür zur Umkleide drehte sich Michael noch einmal kurz um: »Was ist mit Mathe?«

Linh zuckte mit den Schultern. Die Mathenachhilfe für Michael zu geben, war für sie zwischen der Schule, den Trainings und den Wettbewerben nur noch sehr schwierig einzurichten. »Ruf mich an!«

Michael nickte und verschwand endgültig aus der Halle. Während er gemeinsam mit Lennart gleich unter dem hellblauen Himmel nach Hause fahren würde, hatte Linh die frische Luft und den Duft der Frühlingsblüten gegen den muffi-

gen Geruchsmix aus Gummimatten, Holz, Reinigungsmitteln und Schweiß eingetauscht. Die paar Sonnenstrahlen, die durch die Oberlichter drangen, machten jedes noch so kleine Staubkörnchen in der Hallenluft sichtbar. Bei diesem Anblick stockte Linhs Atem jedes Mal. Sie staunte, wie viel Staub man hier ständig einatmete. Sie schichtete ihre Ausrüstung sorgfältig auf die Bank und legte das Florett gewissenhaft darauf.

Eric, der Trainer, hatte noch im Büro zu tun.

Linh schaute sich um, wer schon alles da war, und entdeckte einen Jungen, den sie zuvor noch nie im Training gesehen hatte. Sie ging auf ihn zu und hoffte, dass er in ihrer Gruppe mitmachen wollte.

»Hallo, ich bin Linh. Bist du neu hier?«, fragte sie ihn.

Der Junge nickte schüchtern und sah sich um. Sein Blick fiel an Linh vorbei auf ihr Florett.

»Wow! Spitze!«, schwärmte er, stürmte auf die Waffe zu und griff sie sich. Noch ehe Linh ihn daran hindern konnte, zog er den Gummischutz von der Klinge und fuchtelte wild mit dem Florett herum.

»Stopp! Sofort aufhören!«, rief ihm Linh entsetzt zu. »Bist du verrückt? Stopp!«

Der Junge hörte nicht. Wie in einem Rausch

drehte er sich im Kreis, schlug mit der Waffe immer wieder in den Wind und hielt Linh damit auf Distanz.

»Hörst du nicht? STOPP!«, schrie Linh ihn an. Sie hatte den Eindruck, dass ihn ihre Worte gar nicht erreichten. Verzweifelt sah sie sich um. Sie wusste nicht, was sie tun sollte. Vom Trainer war noch nichts zu sehen. Die anderen konnten auch nicht helfen.

Dann drehte sich der Junge endlich ein wenig langsamer, und sofort sprang Linh auf ihn zu und entriss ihm das Florett.

»Spinnst du eigentlich total?«, brüllte sie ihn an. »Wie kommst du dazu, dir einfach mein Florett zu schnappen?«

»Ist die denn wirklich scharf?«, fragte der Junge, als ob es sich um eine Spaghettisoße handelte, meinte aber natürlich die Klinge.

»Keine scharfe Klinge, nein. Aber trotzdem ist ein Florett hochgefährlich. Was meinst du, was los ist, wenn jemand die Spitze ins Auge bekommt?«, antwortete Linh fassungslos. »Von blauen Flecken gar nicht zu reden. Oder glaubst du, die ist aus Plastik und das sichere Gewebe unserer Anzüge ist nur Verkleidung?« Eilig legte sie ihr Flo-

rett zurück. Sie sah, dass der Junge die anderen bereitliegenden Waffen ins Visier nahm. »Du fasst hier gar nichts mehr an, ist das klar?«, sagte sie in strengem Ton und mit bösem Blick. Sie war innerlich sehr aufgewühlt und schüttelte immer noch den Kopf über den sorglosen Umgang des Jungen mit ihrem Florett. »Und dein doofes Totenkopfhalstuch kannst du auch gleich abnehmen! Das hier ist Sport und keine Karnevalsveranstaltung, auf der wir Piraten spielen. Kapiert?«

Alle anderen hatten sich inzwischen bei den beiden eingefunden. Derart schroffe Töne aus Linhs Mund waren sehr selten. Da musste schon etwas ganz Besonderes passiert sein. Maria, das einzige Mädchen, das sich neben Linh für dieses Fach interessiert hatte, und sieben Jungs starrten den Neuen an wie einen Außerirdischen.

»Bist wohl das erste Mal in einem Fechttraining?«, fragte Sebastian, der Älteste und Größte in ihrer Gruppe.

Der Junge nickte nur.

In dem Moment betrat Trainer Eric die Halle. Endlich! Das beruhigte Linh etwas, denn diesem Neuling traute sie ab sofort alles zu. Eric war einer der jüngsten Fechttrainer Deutschlands. Als Linh vor sechs Monaten das Foto von ihm in dem

Schaukasten mit den Neuigkeiten gesehen hatte, hatte sie kaum glauben können, was der schon alles gewonnen hatte. Er trainierte in der Hauptsache als Landestrainer für Nachwuchsathleten. Dass er zweimal pro Woche hier in der Sporthalle im Auftrag der James-Connolly-Schule unterrichtete, war nur der nachdrücklichen Bitte von Direktor Stölzer zu verdanken. Erics Einladung zum Schnuppertraining waren auf Anhieb sechs Sportschüler gefolgt. Vier weitere kamen, wie der Neue, aus anderen Schulen dazu.

Linh hatte nicht lange überlegen müssen. Das Fechten hatte sie immer schon mal ausprobieren wollen. Das Angebot schien goldrichtig und seit der ersten Stunde war Linh Feuer und Flamme. Weil sie aber ihr Judo auf keinen Fall aufgeben wollte, nach wie vor gern turnte und natürlich gemeinsam mit ihren Freunden, die mit ihr als die Fünf Asse bekannt waren, auch sonst noch alles Mögliche unternahm, brauchte es schon ein enormes Organisationsgeschick, um alles miteinander zu vereinbaren. Sie hatte zum Glück eine besonders gute Auffassungsgabe und konnte so ihre Hausaufgaben zwischen den Trainings und ihren Treffen mit ihren vier Freunden schnell

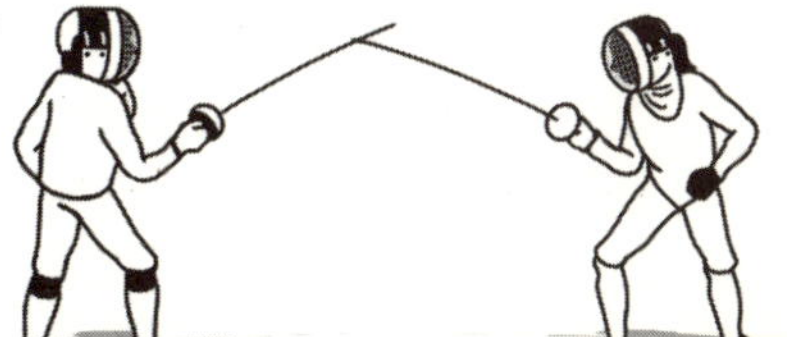

 bewältigen. Nur die Mathenachhilfe, die sie eigentlich Michael geben sollte, litt darunter.

Mit seinen sommerhimmelblau leuchtenden Augen, den superkurz geschorenen Haaren und den Ohren, die ein bisschen denen von Mister Spock von der Enterprise ähnelten, sah Eric in seinem schwarzen Trainer-Fechtanzug manchmal aus, als käme er gerade von einem Ausflug ins Weltall zurück.

»Ich freue mich sehr, dass Leon ab heute bei uns mittrainiert!«, begrüßte Eric mit einem freundlichen Lächeln den neuen Jungen, und bat ihn dann sogleich, sein Halstuch abzunehmen.

Umständlich öffnete Leon den festen Knoten und stopfte es in die Tasche seiner langen Sporthose. Unter dem Tuch, am Hals, wurden aufgeklebte Tattoos sichtbar. Ein seltsamer Ort für Tattoos, dachte Linh. Und noch seltsamer, sich dort erst Tattoos aufzukleben und sie dann mit einem Halstuch zu verdecken.

Nachdem Eric Leon vorgestellt hatte, sollten auch alle anderen Leon kurz mit ihrem Namen begrüßen. Sebastian, Luis und Molo glotzten Leon besonders misstrauisch an, während sie sich vorstellten. Maria gab ihm zwar freundschaftlich die Hand, hielt sich aber dennoch auf Distanz. Die anderen nannten ihre Namen und nickten Leon nur zu.

»Du musst dich am Anfang ein bisschen gedulden«, warnte Eric Leon, »aber die wichtigsten Dinge wirst du schnell verstehen.«

Alle betrachteten Leon und hatten vermutlich ähnliche Gedanken wie Linh. Ihre spontane Freude darüber, dass sich ihre Gruppe vergrößerte, war bereits verflogen. Auf so einen Spinner, der glaubte, er könnte hier wie einer der drei Musketiere heldenhafte Gefechte ausüben, konnte sie gut verzichten.

»Und damit das möglichst schnell geht und du dich hier gut einfinden kannst, stelle ich dir Linh als Patin zur Seite«, kündigte Eric an.

»Ich?«, fragte Linh mit vor Entsetzen weit geöffneten Augen und zeigte ungläubig auf sich. Sie wusste in diesem Moment nicht genau, welche Aufgaben eine Patin hatte, aber sie wusste ganz sicher, dass sie mit diesem verrückten Wilden nicht mehr als irgend nötig zu tun haben wollte. »Warum denn ausgerechnet ich?«

Sie schaute sich um und fand Sebastian oder einen der älteren Jungs viel geeigneter. Wenn die auch alle um einiges größer als Leon waren. Das war wohl das Einzige, was Linh mit Leon verband: Sie waren die Kleinsten in der Gruppe.

Aber beim Fechten spielte das keine Rolle. Da konnte Jung gegen Alt, Groß gegen Klein kämpfen, und selbstverständlich auch ein Mädchen gegen einen Jungen.

Auch Leon schien sich über Erics Entscheidung zu wundern und runzelte seine Stirn.

»Leon braucht am Anfang einen Ansprechpartner. Wenn nötig, können wir später auch mal wechseln«, versuchte Eric, Linh zu beruhigen, und legte seine Hand auf Leons Schulter. »Wenn du also eine Frage hast oder etwas brauchst, wende dich zuerst an Linh. So können die anderen die Übungen fortsetzen und du musst uns nicht unterbrechen. Sie kann dir bestimmt weiterhelfen. Sie wird zunächst auch die Partnerübungen mit dir ausführen.« Und mit Blick auf Linh fragte er: »Du bist doch einverstanden, oder?«

Linh spürte, dass Eric darauf vertraute, dass sie zustimmte.

Aber Eric wartete Linhs Antwort gar nicht ab. »Schön!«, entschied er und klatschte zweimal in die Hände. »Eine Viertelstunde warm laufen und dann geht's mit der Beinarbeit los!«

Wie gern wäre Linh Patin für einen ihrer Freunde geworden! Sogar für den Angeber Michael. Aber für Leon, den Spinner? Linh fühlte sich von Eric überrumpelt. Musste er nicht erst abwarten und schauen, wie sich Leon einfügte? Könnten ihm nicht alle ein bisschen zur Seite stehen? Sie wollte sich auch auf ihr Training konzentrieren, aber nun konnte sie von diesem durchgeknallten Haudegen kaum ein Auge lassen, während die anderen unbeschwert ihr Aufwärmtraining absolvierten. So war das immer, wenn Linh eine Aufgabe übertragen bekam. Sie nahm sie sehr ernst und versuchte, sie gewissenhaft zu erfüllen. Auch, wenn sie selbst dabei zurückstecken musste.

Leon stand noch verdattert am Rand, während alle anderen schon losgelaufen waren. Nur Linh blieb noch zurück. Seinetwegen!

»Warum bekomme ich denn ein Mädchen als Trainer und nicht einen Jungen?«, fragte Leon enttäuscht.

»Erstens bin ich nicht deine Trainerin, sondern deine Patin«, korrigierte Linh. »Zweitens wäre es mir auch lieber, jemand anderes müsste auf dich aufpassen. Und drittens kann ich dich nur warnen: Unterschätz mich nicht! Und jetzt lauf endlich los!«

Klare Regeln

Linh beobachtete, dass Leon sich nicht warm lief, sondern rannte. Er sprintete durch die Halle, als ob es um einen Wettlauf ginge. Schnell hatte er die anderen eingeholt und hielt bis zum Ende seine Spitzenposition vor dem Feld. Stolz lachend kam er als Erster bei Eric an, schnappte nach Luft und keuchte, vollkommen außer Atem.

Eric sagte nichts. Doch Linh erkannte seinen sorgenvollen Blick.

»Stellt euch hier an dieser Linie auf!«, rief Eric seine Schützlinge zusammen und stellte sich seitlich vor der Reihe auf, damit seine folgende Vorführung gut von allen zu erkennen war. »Und jetzt noch mal für alle: Grundstellung, Fechtergruß und dann in die Fechtstellung. Schritt vor, Schritt zurück!«

Linh staunte, wie perfekt diese einfache Übung bei Eric aussah.

»Und jetzt ihr! In die Fechtstellung, einen Schritt vor, einen Schritt zurück!« Eric führte diese Übung langsam und präzise aus. »Einen Schritt vor, einen Schritt zurück!«

»Das ist doch Baby!«, moserte Sebastian. »Müssen wir jetzt nur wegen dem da auch von vorne anfangen?« Er nickte abfällig zu Leon hinüber.

»Dann zeig du uns und Leon doch noch mal, wie die Fechtstellung mit Waffe aussehen würde«, forderte Eric Sebastian auf.

Alle in der Halle spürten, dass Sebastian überhaupt nicht gewillt war, Leon diese grundlegende Übung zu zeigen. Trotzdem murrte er nicht. Er winkelte seinen Waffenarm an, sodass sein Unterarm und die Waffe eine Linie bilden würden, wenn er jetzt eine tragen würde. Doch die Beinarbeit trainierten sie immer ohne Waffe. Dann hob er den linken Arm, stellte seine Beine in Position und verharrte in dieser Ausgangsstellung.

Linh erkannte in seiner Haltung sofort die Abneigung, die Sebastian gegen diese Aufgabe hatte.

»Sebastian sitzen!«, rief Eric dann auch prompt. Das hieß, Sebastian machte den Fehler, der bei dieser Übung am häufigsten vorkam: Er ging nicht genug in die Knie.

Sebastian korrigierte seine Haltung widerwillig.

»Und aus dieser Stellung heraus üben wir nun alle die Schritte vor und zurück. Ohne vernünftige Beinarbeit gewinnt ihr keinen Kampf.«

Linh warf einen Seitenblick auf Leon und sah, wie dessen Augen beim Wort »Kampf« zu blitzen begannen. Leons Blick haftete starr an Eric, als wollte er keine Silbe und nicht die kleinste Bewegung verpassen.

Mit dem gibt es noch Ärger, befürchtete Linh. Wahrscheinlich schon gleich zu Beginn, bei den Grundübungen. Diese einförmigen Bewegungsabläufe hatten vermutlich wenig mit Leons Vorstellung vom Fechten gemeinsam. Die schematische Wiederholung einfachster Grundübungen war Linh schon vom Judo gewöhnt. Aber Einzelne aus der Gruppe, so auch Sebastian, mochten sich immer noch nicht mit der regelmäßigen Einübung immer gleicher Bewegungsabläufe anfreunden und protestierten deswegen immer wieder lautstark. Vor allem, wenn sie dann auch noch ohne Florett üben mussten!

»Und jetzt alle bis zur Linie auf der anderen Seite aus der Fechtstellung einen Schritt nach vorne und gerader Stoß. Auf dem Rückweg locker auslaufen«, forderte Eric. »Und du, Leon, machst mit!« Punkt für Punkt ging er noch mal alles mit ihm durch.

Linh konzentrierte sich auf jeden Schritt, jeden Bestandteil der Gesamtbewegung versuchte sie so präzise wie möglich auszuführen. Eckige Bewegungen vermeiden und geschmeidige Bewegungsabläufe machen! Nicht hetzen! Nicht ungeduldig werden und dadurch ungenau, ermahnte sie sich im Stillen. Bis zur gegenüberliegenden Linie führte sie die Übung gewissenhaft aus und drehte dann.

Als sie zum zweiten Mal startete, war auch Leon so weit. Er stoppte aber schon einige Meter vor der gegenüberliegenden Linie und lief zurück, als habe er die Übung bereits beendet.

Als alle wieder an der Startlinie waren, rief Eric in die Runde: »Leon war noch nicht ganz fertig mit der Übung!«

Eric war mal wieder nichts entgangen, dachte Linh.

»Geh bis zu deinem Schlusspunkt vor und mach dann noch den Rest der Strecke!«, wies Eric Leon an.

Leon stapfte ohne Protest noch mal los. Nur sein verkniffener Mund und der stumme Blick zum Hallendach verrieten seinen Ärger darüber, dass Eric seine Mogelei bemerkt hatte. Alle sahen ihm zu, wie er bis zu dem Punkt ging, an

 dem er abgebrochen hatte. Dann führte er die Übung bis zur anderen Linie zu Ende.

Linh, die ihn dabei genau beobachtete, bemerkte, dass diese wenigen Phasen bereits ein großes Maß an Abstimmung brauchten. Koordination spielte im Fechten eine besondere Rolle. An den unbeholfenen Bewegungen von Leon erkannte Linh, wie viel die Gruppe in den letzten Monaten gelernt hatte. Denn diesen Ablauf hatten alle schon verinnerlicht. Nun ging es darum, immer präziser zu werden und keine Fehler durch Nachlässigkeit einzubauen.

Leon lächelte verstohlen, als er zurückging. Sein Kopf war puterrot angelaufen. Bei den anderen angekommen, schoss er giftige Seitenblicke zu Eric.

»Ich wusste es doch. Der hat was gegen mich. Schon von Anfang an«, flüsterte er Linh zu.

»Pssst!«, zischte Linh zurück. »Was Eric sagt, wird gemacht! Da gibt es keine Ausnahme. Auch nicht für Neulinge. Jeden anderen hätte er auch noch mal laufen lassen.«

»Und noch mal alle!«, rief Eric und machte eine auffordernde Armbewegung.

Leon murrte nicht und war konzentriert bei der Sache. Diesmal lief er wie alle anderen bis ganz zur gegenüberliegenden Linie.

»Und jetzt umziehen!«, rief Eric.

»Hä?«, fragte Leon. »Schon zu Ende?«

»Quatsch!«, widersprach Linh. »Jetzt geht es erst richtig los. Wir ziehen unsere Ausrüstung an.«

Alle liefen zu ihren bereitgelegten Sachen.

Außer Leon. Bis auf seine lange Sporthose und ein T-Shirt hatte er nichts dabei.

Linh griff zu ihrem Brustschutz, verdeckte ihn schnell mit der Unterziehweste und der Jacke und ging Richtung Garderobe.

Leon stand einen Moment etwas hilflos in der Halle, bis er zögerlich auf Linh zuging. »Ist so eine Ausrüstung teuer?«, fragte er.

Linh blieb stehen. »Ja, schon«, räumte sie mit Blick auf ihre Sachen ein. »Aber manchmal kann man sich alles, was man braucht, auch ausleihen. Frag mal Eric. Erst wenn du sicher bist, dass du bleiben willst, musst du deine eigene Ausrüstung anschaffen. Spätestens bis zur Anfängerprüfung.«

»Und das Florett? Bekomme ich das nicht geliehen?«, hakte Leon nach.

»Doch, sicher! Das bekommst du dann natürlich auch!«, sagte Linh und verschwand in der Garderobe.

»Dann wollen wir mal sehen, was wir für dich dahaben!«, sag-

te Eric, nachdem Leon ihn gefragt hatte. Eric nahm Leon mit zur Lehrerumkleidekabine. Als er Leons Anmeldung bekommen hatte, hatte er sich schon gedacht, dass der Neue wohl ohne Ausrüstung kommen würde, und hatte vorsorglich ein paar gebrauchte Sachen aus seinem Verein mitgebracht.

»Das hier müsste dir eigentlich gut passen.« Er hielt Leon einen Fechtanzug, bestehend aus Jacke und Kniehose, eine Unterziehweste, einen Handschuh und ein Paar Kniestrümpfe hin und schätzte dabei Leons Körpergröße ab. Dann legte er noch ein Florett für Leon heraus. »Das gehört vorläufig alles dir. Also gut darauf aufpassen! Und wie du die Sachen wäschst und pflegst, kann dir Linh erklären.«

Leon starrte gebannt auf die Waffe und ließ den Blick nicht mehr davon los.

»Spätestens, wenn du dich zur Anfängerprüfung anmeldest, solltest du deine eigene Ausrüstung und dein eigenes Florett haben. Na los! Dann zieh dich an!« Eric klopfte Leon aufmunternd auf die Schulter und zeigte ihm, in welcher Reihenfolge er die Ausrüstung anlegen sollte und wie er sie am besten alleine anzog. Am Schluss gab er Leon noch eine passende Maske.

Wie Astronauten kurz vor einem Weltraumstart

tauchten die Schüler in voller Montur wieder in der Halle auf. Und wie die Astronauten vor dem Start ihre Helme, trugen auch die Schüler ihre Masken noch unter dem Arm. Während sie auf die Einteilung in Gruppen oder Paare durch Eric warteten, führte der seine Erklärungen zum Florett für Leon noch zu Ende: »Das Florett besteht aus vier Teilen: dem Griff, der Glocke, der Klinge und der Spitze!«

Linh bemerkte, dass Eric das Florett respektvoll ansah, während er darüber sprach. Und wenn man nur auf den Tonfall achtete, konnte man fast glauben, er beschreibe die schönste Märchenprinzessin seiner Träume.

»Oaaaaaah!«, gähnte Molo laut und zeigte damit, wie sehr ihn Erics Ausführungen langweilten. Wie so oft schlossen sich Sebastian und Luis Molo an und gähnten auch mit weit geöffneten Mündern.

Eric reagierte nicht darauf und beendete seine Erklärungen zur Waffe in aller Ruhe. Aber Leon warf den dreien einen bösen Blick zu.

Dann mussten Dreiergruppen gebildet werden. Diesmal teilte Eric Sebastian, Molo und Linh einander zu. Sie sollten sich gegenseitig nach jeweils vier Angriffen im Kreis abwechseln.

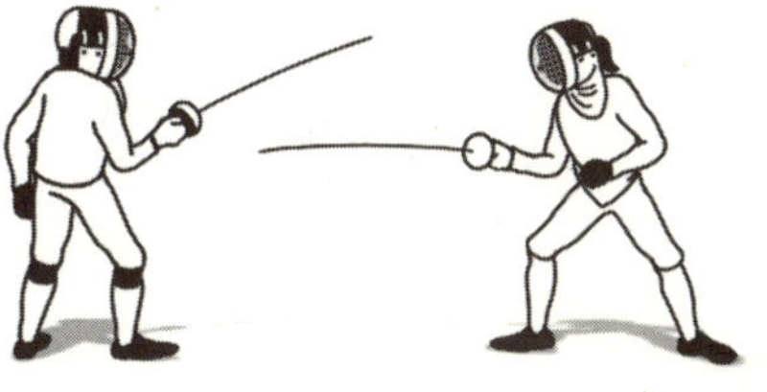

Linh schwante, dass die beiden sie wegen ihres frischen Zöglings aufziehen würden.

»Wichtig für den Anfang ist: Das Florett ist eine Stichwaffe, keine Hieb- oder Schneidewaffe!«, erklärte Eric.

»Horcht! Horcht!«, flüsterte Molo und gab Linh und Sebastian den Vortritt.

Leons Augen schienen zu leuchten. Er erwartete jeden Moment, dass er endlich mit dem Florett kämpfen durfte. Aber Eric zeigte Leon nur, wie er die Fechtstellung einnehmen konnte. Ohne Florett! Nur mit den Händen zeigte Eric die Position, in der die Waffe den Gegner bedrohte, aber seine eigene Trefferfläche mithilfe der Waffe möglichst effektiv geschützt blieb. Die Füße brachte man dafür in eine Position, aus der heraus man jederzeit schnelle Vor- und Rückwärtsbewegungen machen konnte.

Linh und den anderen war es im ersten Training genauso wie Leon ergangen. Beinarbeit, Beinarbeit, Beinarbeit. Aber keine Übung mit dem Florett. Entsprechend enttäuscht waren sie damals gewesen. Genau wie Leon jetzt.

Als Eric Leon danach den Schritt vorwärts und den Schritt rückwärts zeigte, konnte Linh Leons Gedanken in dessen Gesicht ablesen. So hatte Leon sich sein erstes Training bestimmt nicht vorgestellt!

»Wann geht es denn mit dem Florett los?«, fragte er ungeduldig. Sehnsüchtig fiel sein Blick auf die Waffe, die viel zu weit weg auf dem Boden lag.

»Eins nach dem anderen!«, versuchte Eric ihn zu bremsen. »Die Beinarbeit ist mindestens so wichtig wie die Übungen mit der Waffe.«

Statt mit Linh zu kämpfen, musste Leon ohne Florett, nur mit flachen Händen in die Luft zielen. Schritt vorwärts, Schritt rückwärts. Ausfallschritt. Leon war sichtlich enttäuscht. Dennoch führte er alle Übungen gewissenhaft aus.

Erst kurz vor Ende des Trainings erlaubte Eric Leon, sein Florett zu nehmen und die ersten Lektionen damit zu absolvieren – nur, um schon mal ein Gefühl für die Waffe zu bekommen.

»Endlich! Das wurde aber auch Zeit!«, sagte Leon ungeduldig, bekam jedoch sofort wieder einen gehörigen Dämpfer.

»Hier bestimme ich, wann es für etwas Zeit ist, verstanden?«, stellte Eric mit strengem Ton klar.

Leon nickte stumm. Aber seine Freude darüber, dass es nun – seiner Meinung nach – endlich mit richtigen Kämpfen losging, war unübersehbar.

Der erste Kampf

»Und jetzt zeig mir das noch mal mit Florett und Maske«, forderte Eric Leon auf. Er riet ihm noch, auf den korrekten Sitz der Maske zu achten, und zeigte ihm, wie er sie aufsetzen sollte. Dann zog er eine Matte heran, stellte sie senkrecht gegen die Wand, malte mitten darauf einen Kreidekreis und wies Leon an, sich davor zu positionieren: Grundstellung, Fechtstellung, Schritt nach vorne, Ausfallschritt, gerader Stoß in den Kreis und Schritt zurück.

Eric kontrollierte Leons Bewegungsabläufe mit Florett und nickte zufrieden. »Für den Anfang gar nicht schlecht!«

Dann rief er Linh zu sich. »Was meinst du, wollen wir es mit Gegner probieren?«

»Gleich beim ersten Mal?«, wunderte sich Linh.

Auch Sebastian und die anderen liefen zusammen und sahen Eric ungläubig an.

Eric zuckte entschuldigend mit den Schultern. »Wir wollen ihn doch fürs Fechten begeistern, oder? Natürlich kein richtiges Freigefecht. Leon soll in der Fechtstellung nur immer wieder einen Schritt nach vorne machen, um möglichst nah an Linh heranzukommen.«

Linh erinnerte sich, wie Jabali ihr zuliebe zwei Mal am Training teilgenommen hatte. Dann war es ihm zu langweilig geworden und er hatte sich nicht mehr blicken lassen. Sie hatten die ersten Trainingseinheiten kein einziges Mal Übungen mit der Waffe gemacht!

»Okay!«, stimmte Linh zu.

»Aber wichtig!«, mahnte Eric noch mal und schritt zur Seite. »Linh, du darfst nur zurückweichen, nicht parieren. Und du, Leon, versuchst den Abstand zu Linh so lange zu verringern, bis du glaubst, sie mit einem Ausfall erreichen zu können. Alles klar? Dann geht es los, wenn ihr euch gegenseitig das Signal *Fertig* gegeben habt.«

Linh und Leon gingen in Grundstellung zum Fechtergruß.

Weil Eric direkt danebenstand, grüßte Linh auch ihn.

Leon ahmte Linh nach.

»Fertig!«, gab Linh bekannt und begab sich in Fechtstellung.

»Fertig!«, kündigte

auch Leon an und schaute sich noch mal die Fechtstellung von Linh ab.

Plötzlich stürmte Leon auf Linh und schlug zu. Linh sah in einem Bruchteil einer Sekunde in seiner Körperhaltung jemanden, der kämpfte, als müsse er eine ganze Stadt vor ihr schützen. Und wie beim K. o. im Boxen glaubte dieser Kämpfer, sie komplett ausschalten zu müssen. Sofort und ohne Umschweife.

Linh wich ihm blitzartig mit einem Rückwärtsschritt aus. Gerade noch rechtzeitig.

Leons Schlag traf ins Leere.

»Stopp! Stopp!«, ging Eric mit ausgebreiteten Armen dazwischen. »Leon, was haben wir gerade geübt? Und was habe ich dir gesagt?«

Leon murmelte irgendwas hinter dem Gitter.

»Ich kann nichts verstehen. Was solltest du in dieser Übung tun? Sprich laut!«, forderte Eric ihn auf.

Dann wiederholte Leon seine Aufgabe. »Fechtstellung, Schritt nach vorne, Abstand zu Linh verkleinern. Vielleicht Ausfallschritt, zurück in die Fechtstellung.«

»Na also. Du hast doch alles verstanden. Warum tust du es dann nicht? Ihr macht nur genau das, was ich sage! Nur das!«, schimpfte Eric und trat dann wieder ein paar Schritte zurück.

Linh atmete tief durch. Vielen Anfängern fiel es erst einmal schwer, nur zu stechen und nicht zu schlagen. Leons Ansturm allerdings war schon besonders heftig gewesen. Und schließlich gab es da ja noch die Aktion, bevor Eric die Halle betreten hatte. Aber Linh wollte ihm das nicht länger verübeln.

Leon hatte jetzt scheinbar verstanden, worum es ging. Fast wie eine Maschine tat er nun genau das, was er vorher geübt hatte.

»So soll es sein. Gut. Weiter so!«, machte Eric Leon Mut und schickte die anderen wieder in ihre eigenen Gefechte zurück.

Trotzdem musste Linh sich kurz darauf noch einmal unter seinem Schlag wegducken. Nur so verhinderte sie, dass seine Klinge ihren Oberarm nicht voll erwischte, sondern nur streifte.

»Hast du das immer noch nicht verstanden?«, unterbrach Eric das Gefecht sofort wieder. »Nur Schritte vorwärts, dann vielleicht einen Ausfall.«

»Außerdem sind ohnehin nur die Treffer auf meinem Rumpf gültig!«, ergänzte Linh ärgerlich. »Gehören meine Arme etwa zum Rumpf?« Sie rieb sich den rechten Oberarm und wiederholte:

»Arme und Beine sind beim Florett als Trefferbereich ausgenommen!«

Hätte Leons Klinge Linhs Arm mit voller Wucht getroffen, hätte das trotz Anzug blaue Flecken gegeben.

Hörte er gar nicht zu? Wo war er mit seinen Gedanken? Linh versuchte, Leons Gesichtsausdruck hinter dem Gitter zu erahnen. Nur schemenhaft trat hinter dem Schutz sein Gesicht hervor. »Hast du das kapiert?«

Leon nickte und nahm die Fechtstellung ein.

Doch Eric machte dem Kampf ein Ende. »Schluss für heute!«, rief er.

Linh nahm ihre Maske ab, grüßte wieder Leon und reichte ihm die Hand.

Leon nahm ebenfalls seine Maske herunter. Mit strengem und verkrampftem Gesicht glotzte er Linhs ausgestreckte Hand an, als ob er einen hinterhältigen Trick vermutete.

»Das machen wir hier so. Am Ende eines Kampfes grüßt man, gibt sich die Hand und bedankt sich«, erklärte ihm Linh.

»Ach so!« Leon schüttelte den Kopf und murmelte: »Als ob die Musketiere sich bedanken würden, nachdem sie einen gekillt haben.«

»Was sagst du?«, hakte Linh nach. »Wir sind keine Musketiere, sondern Sportler. Und wir killen hier keinen, sondern betreiben einen ordentlichen Wettkampf.«

»Wann kämpfen wir denn mal richtig?«, wollte Leon wissen.

»Was meinst du mit richtig?«, wunderte sich Linh.

»Ohne festgelegten Ablauf! So wie wir wollen!«, antwortete Leon.

Linh schüttelte den Kopf. »Du meinst, so, wie die Regeln es wollen. Das dauert mindestens noch so lange, bis wir turniertauglich sind, also bis zur Anfängerprüfung. Aber es bleiben viele strenge Regeln, die wir unbedingt einhalten müssen«, erklärte sie und beobachtete mit einem Seitenblick Sebastian, Molo und Luis. Die drei flüsterten irgendwas beim Rausgehen hinter vorgehaltener Hand. Vermutlich lästerten sie mal wieder oder heckten irgendeine andere Gemeinheit aus. Leon folgte ihnen mit dem Pulk der anderen Jungs in die Umkleide.

Theater

Als Linh mit ihrer großen Sporttasche die Halle verließ, sah sie, wie Molo mit einem Stock auf etwas einschlug, während Luis tatenlos hinter ihm stand und zuschaute.

Erst als Linh näher kam, erkannte sie, dass Molo Sebastian einen Stock aus der Hand schlug, der scheppernd zu Boden fiel. Sebastian zeigte Molo seine leeren Hände und flehte ihn an: »Hör auf! Aufhören!«

Sebastian versuchte, sich dem am Boden liegenden Stock zu nähern, aber Molo holte erneut aus. Diesmal schlug er direkt auf Sebastian ein. Der wollte ausweichen. Vergeblich! Die Schläge prasselten dumpf auf ihn ein und er ging zu Boden. Luis rief den beiden irgendwas Unverständliches zu. Da schaffte es Sebastian, auf die Knie zu kommen. Blitzschnell griff er nach seinem Stock. Aber Molo setzte zu einer weiteren Attacke an und schlug auf den knienden Sebastian ein. Sebastian sank vornüber, blieb stöhnend auf dem Boden liegen und wand sich vor Schmerzen. Luis lief zu

Sebastian, redete ihm gut zu und versuchte vergeblich, ihn wieder aufzurichten.

»Was glotzt du so?«, zischte Molo zu Leon rüber, der die drei aus sicherer Entfernung beobachtet hatte.

Erst jetzt begriff Linh, was sich dort abspielte, und lief gleich zu Leon rüber. Leon war noch so verschreckt über das, was er gerade miterlebt hatte, dass er ganz weiß im Gesicht war.

»Das ... das ... da war doch voll ungerecht!«, stammelte Leon und zeigte auf Sebastian.

»Lass dich nicht reinlegen, die machen nur Theater!«, klärte Linh Leon schell auf.

»Theater?«, fragte Leon verwirrt.

Molo grinste breit. Sebastian stand juchzend über ihren gelungenen Schaukampf vom Boden auf und Luis hob die Hände triumphierend in die Höhe.

Sebastian und Molo trugen seit einiger Zeit immer wieder solche Scheingefechte miteinander aus. Luis spielte dann den erfolglosen Schlichter oder einen hilflosen Zuschauer, während sich Sebastian und Molo mit besonders theatralischen Bewegungen ihre Kämpfe lieferten. Sie taten dann so, als ob einer von ihnen schwer ge-

troffen in sich zusammensinken und sterben würde. Eric hatte ihnen diese abenteuerlichen Spiele mit Florett ausdrücklich verboten. Theaterfechten war eine Fecht-Gattung für sich, mit eigenen Regeln und anderen Gesetzen als das Sportfechten.

Sebastian, Luis und Molo hatten es natürlich trotzdem nicht versäumt, Leon gleich nach dem ersten Training, hinter der Halle, so einen Kampf auf Leben und Tod vorzuspielen, wie sie ihn in der Theatergruppe für eine Schulaufführung eingeübt hatten. Als der Deutschlehrer ihnen das Angebot gemacht hatte, ihre neu erlernten Fechtfähigkeiten in das Theaterstück mit einzubauen, hatten die drei begeistert zugesagt und das erste Mal in ihrem Leben bei einem Theaterstück mitgemacht. Mit den Stöcken sah der Kampf gefährlich und echt aus.

»Nur Theater!«, wiederholte Leon und wandte sich verlegen ab.

»Die haben das alles einstudiert! In der Theatergruppe. Alles nur Show!«, beruhigte Linh ihn. »Und ihr?«, schimpfte sie zu den dreien rüber. »Ihr fühlt euch als Helden, weil ihr Leon so eine Keilerei vorführt, als wäre sie echt, ihr Blödmänner.«

»Wir müssen doch prüfen, wie glaubwürdig wir als Schauspieler sind«, kicherte Luis.

»Macht das in der Theatergruppe, ihr Hohlköpfe!«, fauchte Linh. »Wisst ihr eigentlich, wie gefährlich so ein Schlag mit dem Stock in Wirklichkeit wäre? Da kann man für den Rest des Lebens einen Gehirnschaden davontragen.«

»Den hat Sebastian schon!«, grinste Molo, verdrehte die Augen und die Arme und spielte vor, wie er sich einen schwachsinnigen Sebastian vorstellte. Sebastian und Luis grölten vor Lachen.

Nur Linh fand das überhaupt nicht komisch. Auch Leon lachte nicht, sondern blickte die drei finster an. Obwohl Linh eigentlich gedacht hätte, dass der derbe Humor der drei Jungs auch dem von Leon entsprach.

»Was hast du denn?«, fragte Molo unschuldig. »Können wir ahnen, dass dein Schützling so schwache Nerven hat?«

Dann zeigte er auf Leon und kicherte los. »Wie der geguckt hat!«

Auch die anderen beiden lachten erneut laut auf.

Linh wollte sich gerade entnervt abwenden. Sie wusste, es hatte keinen Sinn, weiter auf die beiden einzureden. Doch plötzlich raste Leon auf den überraschten Sebastian zu, riss ihm den Stock aus der Hand und ging damit auf Molo los. Der Stock zischte dicht an Molos Gesicht vorbei.

»Lass den Scheiß!«, rief Molo panisch und legte den Rückwärtsgang ein, ließ aber den Blick nicht von Leon.

Sebastian und Luis folgten den beiden mit entsetzten Blicken.

Linh sprang von hinten auf Leon zu. »Leon, hör auf! Tickst du nicht mehr richtig?«

»Ist nur Spaß! Tut gar nicht weh!«, rief Leon und schwang noch einige Male den Stock durch die Luft.

»Schluss jetzt!«, befahl Linh. Sie packte Leon von hinten und streckte ihn mit einem Beinwischer zu Boden, riss ihm den Stock aus der Hand, beugte sich zu ihm hinunter und brüllte ihn nun von oben an: »Bei dir piept es ja wohl!«

Dann erhob sie sich und giftete auch die drei Jungs an, die immer noch verdutzt dastanden: »Und bei euch auch! Seid ihr alle komplett gestört, oder was?«

Sie legte den Stock schräg gegen einen Mauervorsprung, trat mit einem gekonnten Karatetritt dagegen, griff beide Hälften und steckte sie in den Blumenkasten, in dem zwischen allerlei Müll zwei mickrige Primeln blühten.

»Zischt ab!«, befahl sie Sebastian, Luis und Molo, was die drei sofort befolgten.

Linh reichte Leon die Hand, um ihm aufzuhelfen. »Und du gehst jetzt auch nach Hause. In die andere Richtung!«

Leon sagte nichts mehr. Und ging.

Linh setzte sich neben den Blumenkasten und schaute ihm eine Weile hinterher. Einerseits verstand sie, dass er sauer war, andererseits wunderte sie sich wie schon im Training über seine aufbrausende Art. Er konnte ganz plötzlich wie eine Rakete hochgehen.

Nachdenklich blieb Linh auf der Mauer sitzen, bis Ilka einige Minuten später ankam, um sie vom Training abzuholen. Sie wollten noch gemeinsam bei Linh einen leckeren Mangosaft trinken und wie so oft über dies und jenes plaudern. Doch nachdem Linh auf dem Nachhauseweg einiges von Leon erzählt hatte, stand für Ilka fest: Davon mussten auch die Jungs erfahren. Sie rief Jabali und Lennart an und beide versprachen, sofort zu Linh zu kommen. Nur Michael war nicht zu erreichen. In seinem Fitness-Studio war strengstes Handy-Verbot und Ilka hatte ihm nur eine Nachricht hinterlassen können.

»Mmmmh!«, stieß Jabali genussvoll aus. »Schon lange nicht mehr im botanischen Garten

 gewesen.« Dabei schnüffelte er an einigen Blüten, die ihm schon an Linhs Zimmertür entgegenragten.

Ilka hatte es sich bereits auf ihrem Stammplatz, einem Sitzkissen neben Linhs Bett, gemütlich gemacht. Lennart war schon wieder verschwunden. Er hatte sich von Linhs kleiner Schwester Huong in Beschlag nehmen lassen.

»Kommst du, Lennart?«, rief ihn Linh zurück.

Sie erzählte nun auch den Jungs von dem neuen Fechtschüler und von ihrer Aufgabe als Patin. »So unbeherrscht wie den hab ich noch keinen Jungen im Fechten erlebt! Und ausgerechnet ich soll auf ihn aufpassen!«

»Wieso das denn?«, wunderte sich Jabali. »Patin sein heißt doch nicht Aufpasserin spielen müssen!«

»Also meiner Patentante in Australien kann ich jederzeit alle Fragen stellen, die ich habe. Aber das heißt umgekehrt noch lange nicht, dass sie zu mir fliegt und mich an die Zügel nimmt«, stimmte Ilka ihm zu.

»Oder Händchen halten«, schmunzelte Lennart. »Könnte es sein, dass du deine Aufgabe mal wieder viel zu ernst nimmst? Und was diesen Leon angeht: Dein Trainer wird dem schon noch beibringen, was Sportfechten bedeutet. Und dich hat er auserwählt, ihn dabei ein bisschen zu unterstützen! So sehe ich das.«

So seltsam sie das Verhalten dieses Leon auch fanden, Jabali hatte vermutlich recht, glaubten nun auch Lennart und Ilka. Der Neue musste sich wohl einfach erst in den neuen Sport hineinfinden – wie die meisten anderen auch!

»Stell dir vor, Michael würde beim Fechten mitmachen«, kicherte Lennart. »Der würde zum ersten Training gleich mit einem Zweihandschwert auftauchen.«

»Und einer Kreuzaxt«, ergänzte Jabali mit breitem Grinsen.

Bei der Vorstellung musste auch Linh lachen. Gut, dass Michael nicht dabei war und hörte, wie sie über ihn scherzten.

»Vergiss nicht, dass du mit deinen Judokenntnissen den anderen von Anfang an einiges voraushattest«, erinnerte Ilka, nun wieder etwas ernster. »Sei doch froh, dass sich eure Gruppe endlich etwas vergrößert. Und eigentlich ist es doch eine besondere Ehre, dass Eric dir diese Aufgabe übertragen hat.«

Ehrensache

Linh nahm sich Ilkas Worte zu Herzen und versuchte, ihre neue Aufgabe als Ehrensache zu begreifen. Schließlich lernte man selbst auch, wenn man anderen etwas beibrachte. In den folgenden Trainings fiel ihr auf, dass es eine ganze Menge an Gesetzen gab, von denen Leon noch nichts wissen konnte. Die wichtigsten Regeln hatte ihnen Eric sogar schriftlich auf einem Zettel gegeben.

Genau so einem, wie er ihn jetzt auch Leon überreichte.

»Bitte unbedingt beachten, was hier draufsteht. Wer diese Regeln nicht einhält, den kann ich leider nicht trainieren!«, sagte er und schaute Leon tief in die Augen.

Leon nahm den Zettel überrascht entgegen und vertiefte sich gleich in den Text. Selbstverständlich wollte er nichts tun, was ihn aus dieser Gruppe ausschließen würde, noch bevor er richtig eingestiegen war.

1.) Wir bewahren immer Ruhe!
2.) Wir gehen nie mit Wut im Bauch in ein Gefecht oder in eine Übung!
3.) Wir kämpfen immer mit größter Rücksicht auf den Gegner!
4.) Wir treten unserem Gegner als Partner gegenüber.
5.) Wir respektieren die Stärken des Gegners!
6.) Wir respektieren die Schwächen des Gegners!

»Aber wenn ich verliere, dann habe ich doch automatisch Wut im Bauch. Ich kämpfe doch, damit ich jemanden besiege und nicht länger Verlierer bin«, sagte Leon so leise, dass Linh unsicher war, ob das eine Frage war oder er nur laut dachte. Sie beließ es dabei.

Leon hatte inzwischen schon einige Trainings absolviert. Aber immer noch kam es vor, dass Linh ihn an die erste Regel erinnern musste. »Du musst endlich ruhiger kämpfen! Ohne Ruhe geht das nicht lange gut hier!«

Einige Male hatte Linh sogar Ilka gebeten, beim Training zuzuschauen, um sicher zu sein, dass sie sich nichts einbildete.

Doch Ilka bestätigte Linhs Eindruck.

»Irgendwas ist mit

 dem«, hatte Ilka einmal nach dem Training vermutet, ohne Genaueres sagen zu können. Sie hatte Linh vorgeschlagen, mit Eric darüber zu sprechen.

Doch Eric hatte von sich aus schon mit Leon gesprochen. »Wenn das nicht besser wird, dann kannst du nicht länger teilnehmen. Das hier ist ein Sport. Nicht mehr und nicht weniger. Wir üben das respektvolle Gefecht, keinen wilden Kampf! Verstanden?« So deutlich war Eric noch nie geworden.

Es half nichts. Seine Drohung zeigte bei Leon kaum Wirkung. Nach wie vor kämpfte Leon wie ein Löwe. Immer mit letzter Verzweiflung, wild und ungestüm statt ruhig und überlegt. Und je wilder Leon kämpfte, desto mehr Treffer kassierte er. Jeder Treffer aber machte ihn nur noch wütender. Es war ein Kreislauf der Verzweiflung.

»Pass bloß auf«, warnte Ilka Linh, als die fünf mal wieder zusammensaßen. »Irgendwann dreht der durch und tut dir was an.«

»Das soll er mal versuchen«, beruhigte Michael. »Dann knöpf ich mir den vor.«

Linh schenkte ihm ein dankbares Lächeln.

Lennart schlug sich auf die Schenkel. »Klar, dass ausgerechnet du Linh beschützen musst!«, frotzelte er, wobei er auf Linhs Urkunden zeigte, die sie im Judo schon errungen hatte und die, hinter den Ranken einer Hängepflanze, eine Wand im Zimmer zierten.

»Sogar Huong hat Michael schon mal aufs Kreuz gelegt«, verriet Jabali und nickte mit dem Kopf zum Zimmer von Linhs kleiner Schwester. »Neulich, als sie bei uns war und mit Rasul spielen sollte.«

»Die hat mich nicht aufs Kreuz gelegt, ich bin weggerutscht«, verteidigte sich Michael mit rotem Kopf. Aber das machte alles nur noch schlimmer.

»Echt?«, fragte Lennart grinsend.

Linh bestätigte, dass ihre kleine Schwester seit einiger Zeit auch mit dem Judosport begonnen hatte und dabei offenbar noch mehr Talent zeigte als sie selbst.

Michael hatte es am eigenen Leib zu spüren bekommen.

»Armer Michael«, tröstete Ilka verschmitzt. »So viele Muskeln . . .«

». . . aber es reicht nicht im Kampf gegen eine Fünfjährige«, setzte Lennart nach.

Michael sprang wütend auf. »Ich bin weggerutscht, ihr Blödis!«, schimpfte er.

Linh schaute Michael mit ernstem Gesicht an. Fast wie Leon, schoss es ihr durch den Kopf.

Michael wollte wutschnaubend das Zimmer verlassen, doch als er die Tür öffnete, stand Huong vor ihm und fragte: »Soll ich mal meinen neuen Trick zeigen?«

Linh, Ilka, Lennart und Jabali bogen sich vor Lachen. Und selbst Michael musste grinsen.

»Ne«, sagte er. »Du bist mir zu stark!«

Alle applaudierten Michael, der sich zufrieden wieder auf seinen Platz setzte.

Ob es bei Leon auch so ist, dass er irgendjemandem etwas beweisen will?, fragte sich Linh. Sie überlegte, wie sie das vielleicht bei einem der nächsten Trainings aus ihm herausbekommen konnte.

Das Verhältnis von Leon zu Sebastian, Molo und Luis machte die Sache nicht gerade leichter. Die drei ließen keine Gelegenheit aus, kleine Spitzen gegen Leon loszuwerden und ihn versteckt zu ärgern. Sie ließen seine Sportschuhe schon mal im Papierkorb der Umkleide verschwinden, knoteten ihm die Schuhbänder seiner normalen Schuhe zusammen oder spielten ihm sonstige Streiche.

Linh hatte die allergrößte Mühe, Leon von den drei Jungen fernzuhalten.

Wie immer begann das nächste Training mit Aufwärmübungen, die Leon ohne Murren absolvierte. Die Beinarbeit führte er konzentriert und sorgfältig aus.

Bei den Übungen an der Gummimatte beobachtete Linh immer wieder etwas Seltsames bei Leon: Seine Augen wurden starr, sein Blick durchdringend, seine ganze Körperhaltung wurde steif, seine Gesichtszüge verbissen, seine Atmung schneller. Als ob er sich irgendwie verwandelte, sobald es ums Kämpfen ging – selbst wenn sein Gegner nur eine Gummimatte war.

»Die Vorstellung, dass sich vor euch nicht Luft oder die Matte, sondern wirklich ein Gegner befindet, erleichtert alle Übungen sehr, und auf diese Weise könnt ihr auch mehr daraus lernen«, erklärte Eric und fügte ausdrücklich hinzu: »Aber lasst die Aggression drin!«

Linh bemerkte, dass sich vor Leons geistigem Auge offenbar immer eine ganze Schar Gegner versammelte, gegen die er sich verteidigen musste. Mit blitzenden Augen stieß Leon sein Florett gegen die Matte.

»Denk dran! Unsere Waffe ist der gezielte Stoß! Und vergiss nicht: Immer die Ruhe bewahren!«, ermahnte ihn Eric.

Das fiel Leon aber immer noch besonders schwer. Kaum stand

er mit Maske und Florett vor Linh, schien er wie ausgewechselt. War Leon äußerlich eher ein unauffälliger Junge mit zierlicher Statur, so war er in seinem Gebaren ein ungestümer Draufgänger. In den Übungen mit Linh verwandelte er sich zu einem Angreifer, den irgendetwas so stark aufgebracht hatte, dass er plötzlich mit vollem Einsatz kämpfte.

Immer wieder klangen Ilkas Worte in Linhs Ohr nach: »Pass gut auf. Irgendwann tut er dir was an.«

Nur mit viel Geduld und gutem Willen konnte Linh weiter die Übungen mit Leon ausführen. Spaß hatte sie selbst schon längst keinen mehr dabei. Sie war viel zu sehr damit beschäftigt, Leon in Schach zu halten und auf sich aufzupassen.

Sie sollten lernen, ihre Vorwärtsbewegungen ohne Eile auszuführen, sodass der Gegner nicht wahrnahm, dass sich die Distanz verringerte. Aber Leon kümmerte sich nicht darum. Er rannte auf sie los, als hätte er Angst, Linh würde ihm davonlaufen. Linh wusste nicht, wie sie ihn besänftigen sollte. Wieder kam er so wild auf sie zugestürmt und prallte derart gegen ihre Brust, dass er fast das Gleichgewicht verloren hätte. Linh griff reflexartig nach seiner Taille, um ihn vor einem Sturz zu bewahren. Doch Leon hatte sich schnell wieder aufgerichtet. Dabei wandte er sein Gesicht einen Moment lang Linh zu und war ihr so nahe, dass sie durch das Drahtgeflecht seiner Maske hindurch seinen Atem spüren konnte, sogar das Funkeln seiner Augen sah sie. Dachte sie im ersten Moment. Dann allerdings erkannte sie, dass nicht seine Augen funkelten, sondern Tränen auf seiner Wange durch das Schutzgitter hindurch glitzerten. Tränen! Linh war für einen kurzen Moment so verwirrt von diesem Anblick, dass Leon sogar ein Treffer auf ihre Brust gelang. Denn Leon hatte den Kampf ohne Verzögerung fortgesetzt.

»Stopp!«, fuhr Linh ihn an. »Erst zurück in die Fechtstellung! Das geht so nicht! Du kannst mich nicht einfach umrennen!«

»Aber der Treffer zählt!«, beharrte Leon.

Linh hörte, wie seine Stimme unter den Tränen zitterte. Was war nur mit ihm los? Sie nahm sich vor, Leon möglichst bald unter vier Augen darauf anzusprechen.

Leon ging in Fechtstellung und Linh kapierte blitzartig, dass der Kampf weiterging. Erneut raste Leon auf sie zu. Doch diesmal hatte Linh aufgepasst. Mit ausgestrecktem Arm hielt sie ihn auf Distanz.

Und schon setzte

Leon den nächsten Angriff. Linh wich aus, indem sie schnell in die Knie ging, ihren Körper so abtauchte. Leons Stoßversuch verebbte als Schlag in die Luft, während Linh pfeilschnell ihr Florett voranstieß und einen Treffer an Leons Rumpf setzte.

»Verdammt!«, fluchte Leon laut.

Linh korrigierte ihren ersten Eindruck: Unter der Maske wurde es allen immer sehr warm. Das, was sie glitzern gesehen hatte, waren vermutlich doch keine Tränen gewesen, sondern wohl eher Schweißperlen.

Eric verließ die Halle für einen Moment, um die Prüfungspläne zu holen. Kaum war er draußen, kam Sebastian mit einem Besenstiel aus dem Materialraum auf die beiden zu.

Linh witterte sofort neues Unheil.

»Was soll das, Sebastian? Verschwinde!«, fuhr sie ihn an.

»Wieso denn?«, tat Sebastian unschuldig. »Dein Schützling will doch immer wild kämpfen. Das kann er doch mal versuchen!«

Provozierend stieß Sebastian mit dem Besenstiel vor Leons Maske herum.

»Na, wie wär's?«

»Hau ab!«, zischte Linh.

Doch statt dass Sebastian ging, kamen auch noch Luis und Molo dazu.

»Verschwindet!«, warnte Linh ein letztes Mal.
»Sonst rufe ich Eric!«

»Alte Petze!«, schimpfte Luis. »Lass dein Baby doch selbst für sich sprechen. Oder hat es Schiss?«

Leon schnaufte unter seiner Maske. Seine Hände ballten sich zu Fäusten.

Linh stellte sich schützend zwischen Leon und die drei Jungs. Dabei hatte sie Leon im Rücken, was ihr äußerst unbehaglich war. Doch Leon ging einfach einen Schritt zur Seite. Die drei hatten nun freie Bahn und bauten sich mit geschwellter Brust direkt neben Linh auf. Immer mit dem Blick zur Tür, in der sie Eric jeden Moment zurückerwarteten.

»Und? Hast du Mumm oder willst du dich weiter von einem Mädchen beschützen lassen?«, frotzelte Molo.

»Du brauchst gleich Schutz *vor* einem Mädchen, Molo!«, drohte Linh und schritt erneut kampfbereit zwischen ihn und Leon.

Sebastian gab Linh einen kräftigen Stoß, sodass sie seitwärts wegstolperte. Der Weg zwischen Molo und Leon war wieder frei.

Sofort ließ Leon sein Florett fallen

 und ging ohne jegliche Vorwarnung direkt auf Molo los.

»Ich polier dir die Schnauze!«, fauchte Leon wütend. Mit den Fäusten schlug er wild auf ihn ein. Das war mit dem Anzug und dem Handschuh an der rechten Hand gar nicht so leicht. Molo duckte sich erschrocken weg. Mit einer solchen Reaktion hatte er nicht gerechnet. Schützend hielt er sich die Hände vor den Kopf, obwohl Leons Faustschläge ihm nicht sehr zusetzen konnten: Die Schläge wurden von dem gepolsterten Handschuh und Molos Anzug stark gedämpft. Sebastian und Luis waren so verblüfft über den plötzlichen Angriff, dass sie nur dastanden und nichts unternahmen.

Nur Linh ging sofort dazwischen. »Leon! Aufhören! Sofort«, rief sie und zog ihn am Anzug fort wie einen Kampfhund an der Leine.

»Du wirst mich noch kennenlernen!«, drohte Leon Molo.

In dem Moment kam Eric mit dem Terminplan zurück. Blitzartig beruhigten sich die Gemüter, sodass Eric nicht mitbekam, was da soeben vorgefallen war.

»Pause?«, fragte Eric. »Okay. Dann gebe ich euch mal eben die Pläne!«

Nachdem Eric die Termine für die Anfängerprüfung erläutert hatte, setzten sie die Übungen fort.

»Willst du noch ein bisschen länger Pause machen?«, fragte Linh behutsam nach. Leon schüttelte den Kopf, ging in Fechtstellung und sagte: »Fertig.« Er war wieder bereit für ein Freigefecht. Noch dieses eine Mal, dachte Linh. Dann musste sie irgendetwas unternehmen. Die Stimmung in der Gruppe hatte sich, seitdem Leon dabei war, komplett gewandelt. So wollte Linh auf keinen Fall weiterfechten. Sie nickte Eric zu und antwortete: »Fertig.«

Diesmal sah Linh genau hin. Und diesmal war sie sich sicher. Das Glitzern hinter dem Gitter war kein Schweiß! Das waren Tränen, die Leon über das Gesicht kullerten. Für alle anderen unsichtbar weinte Leon hinter dem Drahtgeflecht.

Spuren

»Wollen wir uns mal außerhalb des Trainings treffen?«, fragte Linh vorsichtig, als sie nach dem Training zusammen mit Leon die Halle verließ.

Leon antwortete nicht, sondern bückte sich nach dem Schloss an seinem Fahrrad. Da entdeckte Linh etwas Seltsames. Auf Leons Rücken schimmerte ein blauer Fleck.

Linh hatte in den vergangenen Trainings durch Leons ungestüme Art besonders viele blaue Flecken davongetragen. Auch für Leon war es wie für jeden Anfänger normal, sich etliche blaue Flecken einzuhandeln. Besonders am Arm oder auch am Oberschenkel. Die Trefferfläche ist klein, die Klinge lang, die Stöße sind hart. Und das Parieren eines Stoßes ist äußerst schwierig. Nur eines bekam man nie: blaue Flecken auf dem Rücken! Denn niemals wird man von hinten angegriffen.

Aber Linh hatte ja schon miterlebt, wie Leon auch außerhalb der Sporthalle wütend wurde und bereit war, sich zu kloppen. Vielleicht war er auf

Sebastian, Molo und Luis gestoßen? Linh fragte ihn danach.

Leon schaute Linh fragend an. »Ne. Wieso?«

»Schon gut!«, wiegelte Linh ab. Fürs Erste ließ sie es dabei bewenden. Vielleicht hatte er sich auch einfach nur beim Toben auf dem Schulhof oder so den blauen Fleck zugezogen.

Linh wechselte das Thema: »Ich kann dir ja mal meine Bücher übers Fechten zeigen. Darin sind eine Menge guter Tipps.«

»Vielleicht«, antwortete Leon. »Ich lese nicht so gern.«

»Da sind anschauliche Zeichnungen drin«, entgegnete Linh.

Leon drehte sich wieder zu seinem Rad, befestigte seine Tasche auf dem Gepäckträger. Und wieder rutschte sein Shirt dabei hoch. Jetzt sah Linh neben dem blauen Fleck von eben noch zwei weitere.

War Leon in irgendwelche Prügeleien außerhalb des Trainings verwickelt? Das wäre bei seiner aufbrausenden Art durchaus denkbar.

»Du hast recht«, versuchte Linh trotz Leons zögerlicher Antwort, das Gespräch in Gang zu halten. »Muss ja nicht immer Fechten sein!

Wir können auch einfach nur so reden oder ein Eis essen gehen. Weißt du, ein Freund von mir, Jabali, der macht das köstlichste Eis, das ...«

»Keine Zeit!«, unterbrach Leon Linhs Angebot, setzte sich auf sein Rad und fuhr davon. Einfach so.

»Blödmann!«, zischte ihm Linh leise hinterher. Sie sah ihm nach, bis er um die Ecke gefahren war. Ob er doch Ärger mit Sebastian und den beiden anderen hatte?

Linh zog ratlos die Schultern hoch. Wie auch immer, die Nase mal wieder in eines ihrer Fechtbücher zu stecken war eigentlich eine ganz gute Idee. Und wenn Leon es schon nicht wollte, dann würde sie es selber tun. Linh nahm sich vor, sich mit ihren Büchern einen gemütlichen Abend zu machen.

Ihre kleine Schwester allerdings hatte da ganz andere Pläne.

Als Linh den Flur betrat, schoss die kleine Huong aus ihrem Zimmer und baute sich in Karatestellung vor Linh auf. »Huaaaah!«, brüllte sie.

Linh packte ihre kleine Schwester, warf sie halb über ihre Hüfte zu Boden, fing sie aber sanft ab. »Du machst Judo und kein Karate!«

»Huaaaah!«, brüllte Huong erneut und versuchte, mit einer Beinschere ihre große Schwester zu Fall zu bringen.

Reaktionsschnell sprang Linh hoch. Huongs Beine schlugen ins Leere. Linh drehte an Huongs Fuß, sodass Huong gezwungen war, sich auf den Bauch zu drehen, und schleifte ihre kleine Schwester über den glatten Flurboden mit zur Küche.

»Mamaaaaa!«, brüllte Huong.

Linhs Mama schaute erschrocken aus dem Wohnzimmer heraus.

Im selben Moment klingelte es an der Haustür.

»Ich geh schon!«, rief Linh und ließ Huongs Fuß los.

Mama nahm Huong an die Hand und brachte sie in ihr Zimmer zurück. »Spiel einen Augenblick allein«, sagte sie. »Ich komme gleich zu dir.«

Linh öffnete die Tür und blickte erstaunt auf ihre vier Freunde. »Was macht ihr denn hier?«

Jabali lächelte sie an und zählte durch: »Eins, zwei, drei, vier. Eine fehlt. Und zwar du. Da dachten wir, wir holen dich einfach ab.«

»Abholen?«, fragte Linh. »Wozu? Kommt doch erst mal rein.«

Michael steckte seinen Kopf in den Flur, schaute nach links und rechts und fragte:

»Ich habe das Kampfmonster schreien gehört. Ist sie weg?«

Linh lachte. »Keine Angst. Ich hole Zaubertrank.«

Nach Michael folgten Ilka, Jabali und Lennart, während Linh Kirsch-Bananen-Saft aus der Küche holte und ihren Freunden servierte.

»Wie wär's mit Kino?«, schlug Lennart vor.

Doch Jabali winkte ab. »Zu teuer!«

»Du kannst ja vor der Tür Eis verkaufen«, empfahl Michael.

In der Tat hatte Jabali wieder eine Kühltasche mitgebracht, die er jetzt öffnete und seine neueste Eiskreation vorstellte: »Bellaluna!«

Linh fiel ein, dass sie Leon vergeblich zum Eisessen eingeladen hatte, und erzählte davon.

Ilka griff sich derweil einen Eisbecher, in dem dunkelbraune Schokolade eine wunderschöne helle Mondsichel umhüllte, und leckte sich ihre Lippen.

»Blaue Flecken sind normal?«, fragte Michael nach. »Ich wusste doch: blöder Sport!«

»Das bringt mich jetzt wahnsinnig weiter!«, antwortete Linh verärgert. »Ich hab doch gesagt: Man bekommt keine auf dem Rücken.«

Michael wiegelte trotzdem ab. »Der hat sich einfach irgendwo gestoßen und fertig.«

Das hatte Linh ja auch schon vermutet. Jabali und Ilka konnten trotzdem gut verstehen, dass Linh sich sorgte. Ihnen fiel auf die Schnelle aber auch nicht ein, was man da tun konnte.

»Immer blöd, wenn einer nicht über seine Probleme redet«, fand Ilka. »Hat er Geschwister?«

»Er hat eine kleine Schwester. Sie heißt Clara. Die beiden leben bei der Mutter. Mehr weiß ich nicht!«, sagte sie.

»Kleine Geschwister sind immer ein Problem«, seufzte Jabali, der oft auf seinen kleinen Bruder Rasul aufpassen musste.

»Ja, aber keines, von dem man Blutergüsse bekommt«, entgegnete Linh. Sie dachte an Huong und fügte an: »Jedenfalls meistens nicht.«

»Auf jeden Fall hat er keine größeren Geschwister, bei denen er sich mal aussprechen könnte. Das meinte ich«, erklärte Ilka. »So, wie ich das sehe, steht er ganz allein da.«

»Das glaube ich auch«, bestätigte Linh. »In der Fechtgruppe bin ich die Einzige, die für ihn da ist. Und auch ich wurde dazu bestimmt. Mit allen anderen hat er ständig Ärger.«

Michael zuckte mit den Schultern. »Solche Kotzbrocken gibt es eben!«

Ilka schaute Michael böse an. »Ja, du bist manchmal einer. Vielleicht braucht Leon Hilfe?«

»Pffft!«, machte Michael verächtlich.

»Vielleicht müssen wir ihm mal zeigen, wie toll es ist, Freunde zu haben«, schlug Jabali vor. »Bisher hat Linh ja nur allein Leon eingeladen. Wie wäre es aber, wenn wir einfach morgen alle nach dem Training in der Sporthalle auftauchen? Ich bringe Eis mit und . . .«

»Ich hab's befürchtet«, stöhnte Michael. »Jabali sucht nur neue ahnungslose Opfer für seine Eisexperimente.«

»Du musst ja keines essen«, pflaumte Ilka Michael an.

»Ich bringe also Eis für alle mit, außer für Michael«, fuhr Jabali fort. »Und dann machen wir mit Leon eine kleine Eisparty direkt an der Sporthalle!«

»Superidee!«, rief Linh.

Jabali freute sich über ihr Lob.

Nur Michael verzog kurz das Gesicht. »Dann will ich aber auch ein Eis!«, forderte er.

Jabali grinste ihn an: »Okay. Eine extra Kotzbrocken-Portion!«

Ein rätselhafter Diebstahl

Die Fünf Asse waren alle schon sehr gespannt, wie Leon wohl auf die spontane Eisparty reagieren würde. Ilka, Michael und Lennart wollten Jabali mit dem Eis abholen, um dann rechtzeitig nach dem Training Linh und Leon zur spontanen Eisparty zu empfangen. Doch leider kam es gar nicht erst dazu.

Zu Beginn des Trainings kam Leon in die Halle gelaufen und verkündete laut: »Mein Florett ist mir geklaut worden!« Zum Beweis streckte er seine leeren Hände aus.

»Wer klaut denn ein Florett? Und wie ist das passiert?«, wunderte sich Linh.

»Gestern Nachmittag auf dem Hof, als ich mein Florett für einen kurzen Moment abgestellt hatte. Ein Typ stand ganz in der Nähe«, erklärte Leon.

»Gib doch zu, dass du es verloren hast«, stichelte Sebastian.

»Nein, hab ich nicht!«

»Dann hast du es dir abnehmen lassen!«, behauptete Luis.

 Auch Molo wollte wissen, wie das alles vor sich gegangen sein sollte.

Maria schlug in die gleiche Kerbe: »Das fällt doch auf. Ein Florett ist ja keine Geldbörse, die ich mal schnell in der Hosentasche verstecke.« Sie kicherte bei der Vorstellung.

Alle aus der Gruppe hatten sich inzwischen um Leon versammelt. Ein Typ, der Floretts klaute? Das ging alle etwas an!

»Unsinn, einfach Unsinn!«, entschied Sebastian. »Du bist und bleibst ein Spinner, Leon!« Er setzte sich entschlossen auf die Holzbank, wo er auf Eric wartete.

»Bin ich nicht!«, widersprach Leon wütend. »Ich hab den Dieb ja noch gesehen!«

Linh merkte auf. »Was? Du hast ihn gesehen? Und? Kannst du ihn beschreiben?«

»Na, dieser Muskelprotz. Aus den USA ist der, glaube ich!«, erklärte Leon und machte sich mit geschwellter Brust und geballten Fäusten groß und breit. »Ich hab ihn mal mit dir zusammen gesehen.« Er zeigte auf Linh.

Linh stutzte. »Mit mir? Du meinst doch wohl nicht etwa Michael?«

»Doch!«, behauptete Leon. »Genau. Der trainiert vor uns im Zirkeltraining.«

»Michael?«, wiederholte Linh ungläubig.

Das war die Höhe! Leon kreidete Michael einen Diebstahl an? Für einen Moment wusste Linh nicht, ob sie lachen oder weinen sollte. Wie konnte Leon behaupten, dass ihr Freund ein Florett klaute? Sie atmete tief ein.

»Einer der Fünf Asse ein Dieb?«, juchzte Sebastian, der auch plötzlich wieder ganz hellhörig geworden war. »Das wäre natürlich ein Ding!«

»So ein Quatsch!«, schimpfte Linh. »Und das wisst ihr ganz genau. Abgesehen davon, dass Michael kein Dieb ist, findet er Fechten total blöd. Was sollte der wohl mit einem Florett anfangen?«

»Vielleicht geht es ihm nicht ums Florett?«, überlegte Sebastian laut. »Sondern darum, Leon eins auszuwischen. Vielleicht ...« Er grinste in die Runde. »... ist er eifersüchtig, weil du dich so um Leon kümmerst?«

Luis und Molo stießen sich an. Diese Theorie gefiel ihnen.

Auch Maria kicherte. Hatte Linh etwas mit Michael?

»Ihr habt ja wohl alle 'nen Stich!«, fauchte Linh. Und wandte sich energisch an Leon. »Solange du mir nicht exakt sagst, wann er das

getan haben soll und wo genau, solange kannst du sehen, wo du bleibst!«

Sie blickte Leon ernst und herausfordernd direkt in die Augen.

Leon wandte den Blick ab.

Er war überrascht, dass Linh so heftig reagierte. »Aber ich sagte doch schon . . .«

Linh unterbrach ihn: »Gestern Nachmittag auf dem Hof. Was ist das denn für eine Aussage? Weißt du, wie viele Schüler gestern Nachmittag auf dem Schulhof waren? Und du behauptest einfach so, dass es Michael war?« Linh atmete noch mal tief ein. Sie hatte irgendwie das Gefühl, dass da was anderes dahintersteckte. Wieso beschuldigte Leon ausgerechnet Michael? Verwechselte er ihn mit jemandem? »Standen da nicht noch andere in der Nähe herum?«, hakte sie nach.

»Doch schon, aber . . .« Leon stockte.

Linh baute sich vor ihm auf. »Solange du keinen eindeutigen Beweis hast, verbiete ich dir, deine Anschuldigung gegen Michael zu wiederholen, kapiert?«

Leon nickte.

»Ts!«, machte Sebastian und wandte sich ab.

Eric betrat die Halle. »Hallo!«, grüßte er.

Linh lief direkt auf ihn zu. »Heute kümmert sich jemand anderes um Leon!«, stellte sie klar.

»Warum?«, fragte Eric.

Er zog sorgenvoll die Stirn kraus, nachdem Linh ihm die Geschichte erzählt hatte. Zunächst unternahm er aber nichts. Er versprach lediglich, ein Ersatzflorett für Leon zu besorgen. »Damit er wenigstens mittrainieren kann.«

Er verschwand nach draußen, denn in seinem Wagen hatte er für Notfälle noch zwei Floretts liegen. Es kam immer mal wieder vor, dass jemand sein Florett vergaß oder es kaputt war.

Kurz darauf kehrte Eric mit einer neuen Waffe in der Hand zurück, die er Leon überreichte. »Deines müssen wir aber auf jeden Fall ersetzen!«, sagte er zu Leon. »Nach dem Training verständigen wir die Polizei. Du musst dann sicherlich eine Aussage machen.«

Leon zuckte erschrocken zusammen.

»Wenn es ein Raubüberfall war, bekommen wir das Florett von der Versicherung ersetzt«, erklärte Eric.

»Ein Raubüberfall?«, wiederholte Leon. »Aber ...«

»Was aber?«, fragte Eric.

Leon sagte nichts mehr.

»Bis dahin kannst du noch mal sehr genau überlegen, ob

 es wirklich Michael war, den du erkannt hast«, mahnte Eric mit Seitenblick auf Linh.

Linh nickte ihrem Trainer energisch zu. Da würde man ja sehen, ob Leon sich traute, seine Anschuldigung gegenüber der Polizei zu wiederholen.

Kleinlaut nahm Leon das Ersatzflorett und stellte sich allein in die Halle.

Linh war immer noch außer sich. Sie nahm sich vor, gleich nach dem Training Michael aufzusuchen. Mit Leon! Leon sollte Michael in die Augen sehen und seine Behauptung wiederholen. Solange wollte sie diesen ungeheuerlichen Vorwurf beiseiteschieben und versuchen, sich endlich wieder auf ihr eigenes Training zu konzentrieren.

Eric wies Leon einen anderen Übungspartner zu. Er winkte Sebastian zu sich.

»Du übernimmst aushilfsweise die Patenschaft!«, befahl Eric. »Das tut euch beiden vielleicht mal ganz gut!«

Linh focht mit Maria, mit der sie schon einige Male trainiert hatte, bevor Leon gekommen war. Aber auch das Training mit Maria fiel Linh schwer. Sie konnte den Kopf nicht ausschalten und ihre Gedanken an den Vorwurf behinderten sie bei ihren Übungen. Sie konnte einfach nicht verstehen, warum Leon auf dieser schlimmen Behauptung beharrte.

Für Maria war es an diesem Tag leicht, einen Treffer nach dem anderen zu erzielen. Eigene Angriffe versuchte Linh erst gar nicht.

»Na, du bist heute aber nicht gut drauf!«, bemerkte Maria enttäuscht.

Linh musste ihr beipflichten. »Tut mir leid. Ich bin mit dem Kopf nicht bei der Sache.«

Maria zog sich die Maske vom Kopf, kam dicht auf Linh zu und flüsterte verschwörerisch: »Stimmt es, dass du und Michael …?«

»O Mann!«, schrie Linh sie an. »Seid ihr alle bescheuert? Ich habe nichts mit Michael. Was denkst du denn? Aber ich kann es nicht ab, wenn jemand zu Unrecht beschuldigt wird!« Wutschnaubend rannte Linh aus der Halle.

Eric schaute ihr verwundert hinterher und suchte dann eine Erklärung bei Maria.

Die zog nur unschuldig die Schultern hoch.

Die Tür zur Umkleide fiel hinter Linh krachend ins Schloss. Linh zog sich um, ging hinaus vor die Halle, setzte sich dort auf den Mauervorsprung und wartete auf das Ende des Trainings – und auf ihre Freunde. Die würden,

 wie sie selbst auch, ziemlich enttäuscht sein, dass sie ihre Eisparty abhaken konnten.

Sebastian, Molo und Luis kamen als Erste aus der Umkleide.

»Wartest du hier auf deinen Schatz?«, kicherte Molo, als er Linh dort sitzen sah.

»Den Dieb!«, ergänzte Luis.

Linh sprang von der Mauer auf beide Füße. Sofort machten Luis und Molo, dass sie wegkamen. Sie wussten um Linhs Kampffähigkeiten und wollten sich nicht mit ihr anlegen.

»Schaut bloß, dass ihr wegkommt!«, rief Linh den beiden hinterher.

Sebastian grinste sie frech an und rief: »Sonst holt sie ihren starken Freund!«

Er drehte sich um und – prallte Michael gegen die muskulöse Brust.

»Der starke Freund ist schon da, du Spargel!«, blaffte Michael Sebastian an, packte ihn am Kragen und schüttelte ihn durch. »Und damit eines klar ist: Wenn ihr Linh und Leon nicht in Ruhe lasst, bekommt ihr es mit mir zu tun. Hast du mich verstanden?«

Michael ließ Sebastian los. Der rannte sofort weg. Als er weit genug entfernt war, brüllte er zurück. »Dieb!«

Michael schaute verblüfft. »Meint der mich?«

Auch Lennart, Ilka und Jabali waren nun aufgetaucht und fragten ebenso verwundert: »Was denn für ein Dieb?«

Jabali öffnete schon seine Kühltasche. »Ihr werdet staunen über meine neueste Eiskreation!«

»Vergiss es!«, sagte Linh traurig.

»Gibt's Ärger?«, fragte Ilka.

Da kam schon Leon aus der Halle. Linh sprang auf ihn zu, packte ihn mit einem besonders festen Judogriff am Handgelenk. Erschrocken schauten die vier anderen Asse zu und fragten sich, was in Linh gefahren war.

»Jetzt gibt es keine Ausflüchte, mein Lieber«, warnte Linh Leon. »Und jetzt wiederholst du mal vor all meinen Freunden, was du dort drinnen behauptet hast.«

Leon wollte sich entwinden und zurück in die Halle verschwinden. Doch Linh hielt ihn fest im Griff. »Na los!«

Leon wiederholte langsam und stockend seine Anschuldigungen. Allerdings musste Linh ihn immer wieder antreiben, alles zu erzählen.

Michael glaubte, sich verhört zu haben. »Wie bitte?«

Auch die anderen reagierten geschockt auf Leons Behauptung.

Michael packte Leon am Kragen, wie er es zuvor bei Sebastian getan hatte, und forderte: »Sag das noch mal!«

Leon stand wie angewurzelt da und ließ den Wutausbruch von Michael wie ein plötzliches Gewitter über sich ergehen.

»Los!« Michael schüttelte ihn abermals durch. »Sehe ich aus wie einer, der so einen Grillspieß zum Kämpfen braucht?«, fragte Michael und hielt dem kleinen Leon die geballte Faust vors Gesicht.

Leon zuckte zusammen und versuchte, sein Gesicht wie vor einem plötzlichen Regenguss zu schützen. Mit eingezogenem Kopf und angezogenen Schultern stand er wie ein begossener Pudel auf dem sonnendurchfluteten Hof. Michael hielt ihn noch immer mit einer Hand am Kragen fest.

»Willst du immer noch behaupten, dass Michael dein Florett geklaut hat?«, fragte Linh. Sie hoffte, dass Leon endlich seine Lüge eingestehen würde und die Stimmung sich bei Michael wieder aufhellen konnte.

Doch Leon sagte nur leise: »Doch! Der war das!«

»WAS?«, schrie Michael. Und wollte gerade zuschlagen.

Doch in dem Moment sprang Ilka los und hielt

Michaels Faust fest. »Wenn du ihn verprügelst, beweist das nicht gerade deine Unschuld!«, versuchte sie, Michael zu beschwichtigen.

»Das stimmt«, gab Linh Ilka recht.

»Ihr habt sie doch wohl nicht alle!«, schimpfte Michael. »So eine halbe Portion darf mich ungestraft als Dieb beschimpfen, oder wie? Ihr könnt mich alle mal!«

Wütend spuckte er vor Leons Füße. »Wir sprechen uns noch, Freundchen!« Dann wandte er sich an seine Freunde. »Und wir uns auch!« Mit Tränen in den Augen drehte er sich um und stampfte davon.

»Warte doch mal!«, rief Ilka ihm hinterher. »So war das doch gar nicht gemeint!«

»Niemand hält dich für einen Dieb!«, versuchte auch Lennart Michael aufzuhalten.

Michael drehte sich nur kurz um. »Das wär ja auch noch schöner!«, gab er giftig zurück. »Aber dann fragt den Spinner doch mal, weshalb er mich beschuldigt, statt ihn zu beschützen!« Für seinen Geschmack hatten sich seine Freunde Leon viel zu halbherzig vorgenommen. Er würde sich diese halbe Portion bei nächster Gelegenheit allein schnappen.

»Michael hat

 recht!«, fand Jabali. »Warum beschuldigt er ausgerechnet ihn?«

»Stimmt«, pflichtete Lennart bei.

Linh packte erneut Leons Handgelenk. »Raus mit der Sprache: Wie kommst du ausgerechnet auf Michael? Wann und wie genau soll er dir das Florett denn gestohlen haben, und dann noch so, dass du ihn dabei gesehen hast?«

»Ich wollte mich vor Sebastian, Molo und Luis verstecken«, behauptete Leon. »Gestern, nach dem Training. Da bin ich zum Parkplatz gelaufen und hab mich hinter die Fahrradständer geduckt.«

An Leons Geschichte war also doch was dran? Linh hatte vermutet, Leons ganze Geschichte sei erfunden, aber sie konnte sich gut vorstellen, dass es den dreien gelungen war, Leon derart einzuschüchtern, dass er glaubte, sich vor ihnen verstecken zu müssen.

»Und wie ging es dann weiter?«

»Ich dachte, sie haben mich gesehen«, erklärte Leon. »Da bin ich weggelaufen und habe meine Tasche stehen lassen. Als ich später zurückkam, war die Tasche noch da, aber das Florett weg.«

»Dann können doch auch Sebastian, Molo und Luis dein Florett gestohlen haben«, warf Ilka ein.

»Nein!«, entgegnete Leon sofort. »Die waren es

nicht. Sie sind abgedreht und weggegangen. Aber Michael hab ich gesehen, auf seinem Fahrrad.«

»Du lügst!«, warf Ilka ihm an den Kopf.

Leon aber blieb dabei. »Nein, ich sage die Wahrheit!«

»Und hier soll Michael gestern gewesen sein?«, fragte Linh skeptisch und schaute sich weiter um. »Jetzt brauch ich noch die Uhrzeit, dann lass ich dich gehen!«

»Hab ich doch gesagt: gestern gegen 17 Uhr«, sagte Leon leise.

»Aha!«, sagte Linh nur kurz. Und ließ Leon laufen.

Leon rannte davon.

Die vier sahen ihm nach.

»Er lügt«, behauptete Ilka.

»Ich weiß«, sagte Linh. »Denn erstens wüsste Michael mit einem Florett gar nichts anzufangen. Warum also sollte er eines stehlen? Und zweitens hatte Michael gestern um halb sechs Mathenachhilfe. Er hat mir heute Morgen noch erzählt, wie ätzend er das fand.«

»Aber warum behauptet Leon steif und fest, Michael wäre der Dieb?«, wunderte sich Lennart.

»Das würde ich auch gern wissen«, antwortete Linh.

Ratlos

Linh, Lennart, Ilka, Jabali und Lennart hatten sich vor Michaels Haustür versammelt. Sie wollten sehen, ob er noch sauer auf sie war, und ihm noch mal versichern, dass sie ihn keineswegs für den Dieb hielten – ihn nicht für eine Sekunde dafür gehalten hatten. Aber sie hatten beschlossen, sich ausnahmsweise nicht vorher anzumelden. Das Risiko, dass Michael ihnen gar nicht öffnete, weil er noch beleidigt war, war viel zu groß. Alle hofften, dass er zu Hause war und sich gerade an irgendeiner seiner Kraftmaschinen die Wut rausschwitzte.

Linh klingelte.

Als sich nichts tat, klingelte sie noch mal.

Dann endlich hörten sie etwas. Offenbar hatten sie mit ihrer Vermutung richtiggelegen. Verschwitzt und nur mit Turnhose und Muskelshirt bekleidet öffnete allerdings nicht Michael die Tür, sondern dessen Vater.

Linh schmunzelte. Wenn man den Vater sah, musste man nicht lange rätseln, woher Michaels Vorliebe für Kraftsport stammte.

Doch Michael selbst war nicht zu Hause. Sein Vater wusste auch nicht, wo er steckte.

»Ich dachte, er ist mit euch zusammen«, wunderte er sich.

Linh wand sich verlegen. »Na ja, eigentlich war er das auch, aber ...«

Michaels Vater begriff. »Ihr habt euch gestritten!«

Linh, Ilka, Jabali und Lennart sahen betreten zu Boden.

»Dann müsstet ihr eigentlich besser wissen als ich, wo er sich jetzt herumtreibt«, behauptete Michaels Vater. »Aber er wird sicher bald hier auftauchen. Ich sage ihm, dass ihr hier wart.«

»Danke«, sagte Linh.

Michaels Vater schloss die Tür. Die vier blieben ratlos davor stehen.

»Wo kann er sein?«

Plötzlich schnippte Lennart mit den Fingern. »Der schnappt sich Leon!«

Lennart, Ilka und Linh sahen Jabali entgeistert an. Jeder von ihnen konnte sich das, was Jabali vermutete, lebhaft vorstellen.

Genau in diesem Moment kam Michael

 um die Ecke. Verdutzt blieb er stehen. »Was macht ihr denn hier?«

Ohne Umschweife kam Lennart zum Thema. »Du hast dir Leon geschnappt, stimmt's?«

Michael antwortete nicht, sondern ging stumm an ihm vorbei.

Ilka packte Michael am Arm. »Stimmt das?«

Michael blieb stehen, sah Ilka finster in die Augen. »Und wenn schon!«

»Was hast du mit ihm gemacht?«, fragte Linh besorgt.

»Nichts!«, behauptete Michael.

»Nichts?«, ereiferte sich Ilka. »Du lauerst ihm auf und machst *nichts*?«

»Ich hab ihn nur gewarnt, wenn er seine Behauptung wiederholt, breche ich ihm sämtliche Knochen!«

Linh stöhnte laut auf.

»Das nennst du nichts?«, schrie Ilka auf. »Bist du vollkommen verblödet?«

»Natürlich ist er das!«, setzte Lennart noch einen drauf.

Michael ging dicht an Lennart heran, doch der wich keinen Millimeter zurück. »Was ist?«, fragte er provozierend. »Ich bin nicht Leon. Ich mach mir nicht in die Hose wegen dir!«

»Solltest du aber!«, drohte Michael.

»Stopp!« Energisch ging Linh dazwischen.

Doch Michael und Lennart dachten nicht daran, auseinanderzugehen.

»STOPP!«, wiederholte Linh. »Mann, das ist die Lösung!«

Jabali und Ilka sahen sie fragend an. Lennart und Michael hielten Linhs Manöver für einen plumpen Trick, sie abzulenken.

»DAS ist der Grund, weshalb Leon Michael beschuldigt hat!«

»WAS?«, fragte Michael. »Dass Lennart sich in die Hose macht?«

»Mache ich nicht!«, stellte Lennart klar.

»Quatsch!«, sagte Linh. »Aber vielleicht gehen wir erst mal rein, statt alles hier auf der Straße zu bereden.«

»Bitte«, sagte Michael knapp und führte die Freunde ins Haus und in sein Zimmer. Ein Zimmer, das jeder Außenstehende für eine zu klein geratene Turnhalle halten musste, denn es war vollgestellt mit Hanteln und Trainingsgeräten. Wenn an der einen Wand nicht ein Bett und gegenüber ein Regal gestanden hätten, wäre man nicht auf die Idee gekommen, dass dieser Raum bewohnt wird. Aber die Fünf Asse waren nicht zum

 ersten Mal hier. Trotzdem fragte sich Linh immer, wo Michael eigentlich seine Hausaufgaben machte. Es gab nur einen Minischreibtisch, dessen ganze Abstellfläche von einem Computer eingenommen wurde.

Aus dem Nebenraum hörten sie Michaels Vater stöhnen. Er schien immer noch Hanteln zu stemmen. Auch das Wohnzimmer der Eltern glich eher einem Kraftraum.

»Setzt euch«, forderte Michael seine Freunde auf, die sich ratlos umsahen. Wohin sollte man sich hier setzen?

Sie versuchten es dennoch. Linh setzte sich im Judositz aufs Bett, Lennart nahm Platz auf der Hantelbank, Ilka auf einem Gymnastikball, Jabali stellte die größte Hantel, die er finden konnte, senkrecht hin und setzte sich auf die oberen Gewichte. Michael nahm den Schreibtischstuhl.

Linh begann gleich, ihre Theorie zu erläutern: »Vielleicht haben Sebastian, Molo und Luis ihm das Florett weggenommen und ihm mit irgendetwas gedroht, damit er sie nicht verpetzt. Mit der Diebstahlgeschichte zeigt er ihnen ganz deutlich, dass er sie nicht verrät, und liefert auch noch eine Erklärung, weshalb sein Florett fort ist.«

Michael klappte seinen Mund auf und zu wie ein

Fisch im Aquarium, bevor er ausstieß: »Und dann beschuldigt er mich?«

Ilka nickte. Linhs Überlegung klang sehr einleuchtend, fand sie. »Und die drei Blödmänner amüsieren sich nun noch zusätzlich, wie Leon dir den Diebstahl andichtet.«

»Wieso denn ausgerechnet mir?«, fragte sich Michael.

Lennart grinste: »Vor dir hat er eben keine Angst!«

Michael schnappte nach Luft.

Linh beruhigte ihn sofort. »Weil er weiß, dass wir dich zurückhalten, wenn du auf ihn losgehst. Ich hab ihm oft genug erklärt, dass wir Kampfhandlungen ausschließlich im Sport ausüben.«

»Na prima!«, spie Michael aus. »Wenn er sich da mal nicht täuscht. Und wie soll es jetzt weitergehen?«

»Na, das ist doch keine Frage«, rief Jabali in die Runde. »Wir knöpfen uns Sebastian, Molo und Luis vor.«

Falscher Verdacht

Da Sebastian, Molo und Luis auf die gleiche Schule gingen wie die Fünf Asse, brauchten sie nicht bis zum nächsten Training zu warten, um die drei zur Rede zu stellen. Schon in der ersten großen Pause machten sich die Fünf Asse auf, um mit ihnen zu sprechen. Und zwar einzeln. Sie sollten keine Gelegenheit haben, sich abzusprechen.

Michael und Linh nahmen sich Sebastian vor, Jabali und Ilka wollten mit Molo sprechen. Und Lennart sollte allein Luis befragen.

Das war schwieriger als gedacht. Denn die drei hingen auch auf dem Schulhof ständig zusammen.

Michael aber verfolgte sein Ziel wie immer ganz direkt. Forsch ging er auf Sebastian zu, packte ihn am Kragen, zog ihn aus der Dreiergruppe heraus und sagte: »Ich muss dich sprechen!«

»Hey!«, beschwerte sich Sebastian. »Bist du blöd? Was soll das?« Er wand sich und versuchte vergeblich, sich aus Michaels Griff zu befreien. Luis und Molo wollten ihm gerade zur Seite springen, doch Ilka, Lennart und Jabali stellten sich ihnen in den Weg.

»Ihr habt leider gerade keine Zeit!«, verkündete Lennart und schubste Luis beiseite.

»Was ist denn nun los?«, wunderte sich Luis »Was soll das?«

Hilfe suchend schaute er zu Molo, doch den hatten schon Ilka und Jabali in die Mitte genommen und mit sich geführt.

Als Michael Sebastian außer Hörweite seiner Freunde gebracht hatte, presste er ihn in die Ecke eines Schulgebäudes und fragte ihn auf den Kopf zu: »Wo ist das Florett?«

Sebastian schaute Michael verwundert an. Er wusste überhaupt nicht, wovon Michael sprach. Linh half ihm auf die Sprünge.

»Leons Florett? Was haben wir damit zu tun?«, fragte zur gleichen Zeit Molo auf die Frage von Ilka und Jabali.

Und auch Luis wusste angeblich von nichts.

Linh setzte bei Sebastian weiter nach: »Leon hat sich vor dem Training vor euch versteckt. Ihr habt ihm aufgelauert, richtig?«

»Quatsch!«, antwortete Sebastian. »Wir hätten überhaupt keine Zeit dazu gehabt!«

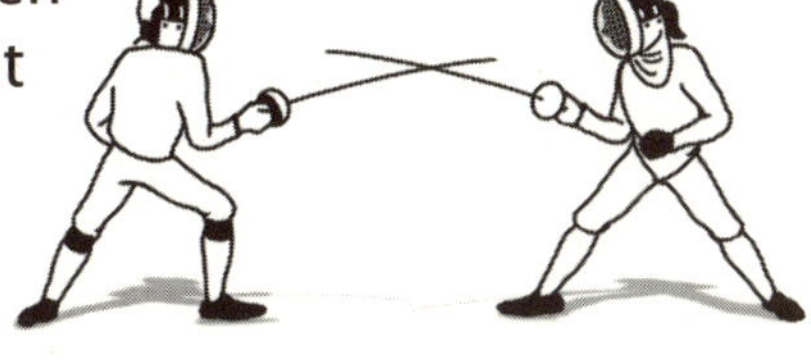

»Wir hatten doch Theaterprobe und mussten uns beeilen, rechtzeitig zum Training zu kommen«, verteidigte sich auch Molo gegenüber Ilka und Jabali.

»Ich hatte nicht mal Zeit, mich richtig umzuziehen«, erklärte Luis Lennart. »Und bin noch halb im Theaterkostüm zum Training gelaufen.«

Das Gleiche schilderte Sebastian: »So wichtig ist uns der kleine Spinner auch nicht, dass wir deshalb zu spät zum Training erscheinen. Du weißt doch selbst, wie sauer Eric auf Verspätungen reagiert.«

Noch immer hielt Michael Sebastian am Kragen, sah dabei aber Linh unsicher an. Linh gab ihm ein Zeichen, dass er Sebastian loslassen sollte.

Am Ende der Pause stand fest: Die drei sagten die Wahrheit. Sie hatten tatsächlich vor dem Training Theaterprobe in der Aula gehabt. Linh erinnerte sich, dass die drei die Trainingshalle ziemlich abgehetzt in letzter Sekunde betreten hatten. Nur Leon war noch später gekommen.

»Dann sind wir keinen Schritt weiter«, stellte Ilka betrübt fest. »Noch immer haben wir keine Ahnung, weshalb Leon Michael beschuldigt.«

»Ich glaube nach wie vor, dass unsere Theorie stimmt«, beharrte Linh. »Nur nicht mit Sebastian, Luis und Molo als Täter. Aber irgendwie ist Leons

Florett gestohlen worden und er traut sich nicht, es zu sagen. Deshalb das Märchen mit Michael als Täter.«

»Vielleicht ist das Florett gar nicht gestohlen worden?«, überlegte Jabali.

»Hä?«, fragte Michael. »Aber es ist doch weg!«

»Nicht alles, was weg ist, wurde auch gestohlen«, erklärte Jabali.

»Du meinst verloren?«, fragte Lennart.

Jabali zog die Schultern hoch. »Vielleicht. Vielleicht wollte er es aber auch nur behalten!«

Linh hielt die Luft an. Das glaubte sie einfach nicht! Das wäre ja ...!

»Ein Nachbarsjunge bei mir in der Straße hat sich mal ein Buch aus der Bibliothek ausgeliehen«, berichtete Jabali. »Ein altes, das man nicht mehr kaufen konnte.«

»Ja und?«, drängte Michael. Was hatte das mit Leons Florett zu tun?

»Da er es unbedingt haben wollte, hat er es in der Bibliothek einfach als verloren gemeldet.«

»Dann musste er es doch bezahlen!«, warf Lennart ein.

»Hat er auch«, erzählte Jabali. »Aber damit hatte er ein Buch bekommen, das man ei-

 gentlich nicht mehr kaufen konnte. So ähnlich könnte es Leon doch auch gemacht haben.«

»Aber ein Florett kann man kaufen!«, wandte Linh ein.

»Nicht, wenn die Eltern es verbieten«, entgegnete Jabali.

»Wow!«, stieß Linh aus. »Wenn das stimmt, das wäre ja der Hammer.«

»Allerdings!«, schimpfte Michael und zeigte seine geballte Faust in die Runde. »Wenn das stimmt, dann kann sich Leon auf was gefasst machen.«

Licht ins Dunkel

In der zweiten großen Pause widmeten sich die Fünf Asse der Frage, wie sie Leon seine Lüge nachweisen sollten. Das ging am besten, indem sie herausfanden, was wirklich geschehen und wo das Florett abgeblieben war.

»Hat mal jemand Papier und Bleistift?«, fragte Linh.

»Nimm doch die Tafel«, schlug Michael vor.

Linh nahm sich ein Stück Kreide und begann, auf die Tafel eine grobe Skizze des Schulgeländes samt Sporthalle zu zeichnen.

»Hier ist die Sporthalle. Von dort kommt man normalerweise. Hier ist der Schulhof. Da der Lehrerparkplatz. Wo sollten Sebastian und die anderen ihn erwartet haben? Doch vermutlich vor der Halle.«

»Moment mal«, wandte Jabali ein. »Die drei haben ihn doch gar nicht verfolgt. Das wissen wir ja jetzt.«

Linh stimmte ihm zu.

»Aber das weiß Leon nicht. Also nehmen wir erst mal an, Leon hätte die Wahrheit gesagt. Weißt du, ich will Leon mit seiner eigenen Aussage überführen. Wenn er merkt, dass er sich in Widersprüche verwickelt, verplappert er sich vielleicht.«

»Okay«, willigte Lennart ein. Das klang gut.

Linh setzte fort: »Wenn er also dorthin gelaufen ist, wie er behauptet hat, ...« Linh zeichnete ein Kreuz an die Stelle. »... dann hätte er um die halbe Halle herumrennen müssen. Von dort aber konnte er die Jungs gar nicht sehen. Er hätte nie gewusst, ob die Jungs noch da waren oder nicht. Da soll er mir mal erklären, warum er sich angeblich genau dort versteckt hat.«

»Stimmt!«, rief Michael. Linhs Spur gefiel ihm. »Und wie ich dann auch noch dorthin gekommen sein soll. Da geht man nur vorbei, wenn man zum Lehrerparkplatz will. Ich hab aber noch kein Auto!« Michael lachte kurz auf über seinen eigenen kleinen Scherz.

Linh fasste zusammen: »Sebastian, Luis und Molo haben ein Alibi. Sie haben Leon nicht aufgelauert. Leon hat sich offensichtlich nicht dort versteckt, wo er gesagt hat. Und Michael ist auch nicht an dem Ort vorbeigekommen. Das soll Leon uns alles mal erklären!«

Gleich vor dem nächsten Training fingen Linh

und Ilka Leon vor der Halle ab und erzählten ihm von ihren Ermittlungen.

Leon begann zu zittern. Dann versuchte er, etwas zu sagen, brachte aber nicht mehr zustande als ein zusammenhangloses Stottern.

Linh wiederholte noch einmal: »Sebastian, Molo und Luis haben dir nicht aufgelauert! Damit hattest du keinen Grund, dich zu verstecken, und Michael keine Gelegenheit, an dein Florett heranzukommen. Also, was tischst du uns hier für Lügengeschichten auf?«

»Ich ... äh ... also ...«, begann Leon zögerlich. »Genau genommen ist mir das Florett nicht gestohlen worden!«

»Das denken wir auch!«, sagte Linh in scharfem Ton. »Und wo ist es?«

»Ich ...«, stotterte Leon weiter. »Ich hab es versehentlich stehen lassen. Irgendwo.«

Linh und Ilka atmeten erleichtert auf. Der wichtigste Teil ihres Plans war aufgegangen. Dennoch fühlten sie Leon weiter auf den Zahn.

»Und warum behauptest du dann, dass Michael das Ding geklaut hat?«, fragte Ilka und stützte ihre Arme in die Hüfte.

»Weil ... weil!« Wieder war Leon um eine vernünftige Antwort

verlegen. »... wenn ich das Florett irgendwo stehen lasse, dann muss ich das doch bezahlen. Darum hab ich gelogen.«

Linh schaute ihn mit skeptischem Blick an. Für ihren Geschmack hatte Leon die Antwort zu sehr dahergestammelt. Das war doch schon wieder eine Lüge!

»Du hattest Eric doch ausdrücklich gebeten, das Florett für einen Tag mit nach Hause nehmen zu dürfen, um es deiner Mutter zu zeigen. Und ausgerechnet an dem Nachmittag lässt du das Florett stehen?«, hakte sie nach.

»Ja.« Leon nickte eifrig mit dem Kopf. »Darum ja. Voll peinlich, oder?«

»Nein«, widersprach Linh. »Voll unglaubwürdig.«

»Wie auch immer«, ging Ilka dazwischen. »Als Erstes stellst du deine Anschuldigung mal bei Eric klar.«

»Und zwar vor versammelter Mannschaft!«, verlangte Linh.

Leon schluckte.

»Und dann wirst du dich bei Michael entschuldigen«, setzte Ilka die Forderungen fort. »Wir kommen heute nach dem Training alle gemeinsam zu dir.«

»Nein!«, schrie Leon auf. »Das geht nicht!«

»Wieso nicht?«, wollte Ilka wissen.

»Weil ... ich ...«, suchte Leon nach einer Erklärung. Dann brach er ab und sagte: »Ich entschuldige mich hier, okay?«

Linh und Ilka nickten sich zu. »Okay. Ich werde den Jungs Bescheid sagen und wir treffen uns dann nach dem Training alle wieder hier.«

Leon gab seine Hand drauf.

»Trainierst du jetzt wieder mit mir?«, fragte Leon Linh zaghaft. Alle anderen aus der Gruppe sträubten sich inzwischen, mit Leon zu üben. Sebastian, Molo und Luis weigerten sich sogar.

»Gut«, versprach Linh. »Aber vorher musst du das mit Michael klären.«

Leon dachte daran, wie Michael ihn das letzte Mal fast verprügelt hätte, wenn Ilka nicht dazwischengegangen wäre. Er versprach es und freute sich auf das Training mit Linh.

»Na, dann ist ja alles geritzt«, fasste Ilka zusammen. »Ich werde gleich den anderen Bescheid geben.«

Unerwünschter Besuch

Linh schimpfte leise vor sich hin, als sie nach dem Training aus der Halle kam. Ihre Miene hellte sich kurz auf, als sie ihre Freunde entdeckte.

»Wo ist er?«, fragte Ilka.

Linh zog die Schultern hoch. »Ich hatte gehofft, er wäre hier bei euch.«

Ilka schüttelte den Kopf.

Linh berichtete, dass Leon – wie vereinbart – die ganze Diebstahlsgeschichte vor Eric und den anderen klargestellt hatte. Dann aber, kurz vor Trainingsschluss, hatte Leon behauptet, er müsse mal auf die Toilette. Seitdem war er nicht wieder aufgetaucht. »Ihr habt ihn nicht herauskommen sehen?«, fragte Linh.

»Nein, wir sind eben erst gekommen«, sagte Ilka.

»Der Feigling drückt sich!«, fluchte Michael.

Genau danach sah es aus, musste auch Linh zugeben. Sie vermutete aber, dass mehr dahintersteckte.

»Mehr?«, Michael verstand nicht. »Wie mehr?«

»Irgendwie habe ich das Gefühl, dass das Florett nicht wirklich weg ist«, sagte Linh. »Und bei Leons Aggressionen könnte es gefährlich werden, wenn er die Waffe zu Hause behalten hat.«

Ilka schlug die Hand vor den Mund. Die Vorstellung, dass ein leicht durchgeknallter, manchmal nicht zu bändigender Junge mit einem Florett durch die Gegend zog, erschreckte sie.

Linh zog einen Zettel aus ihrer Tasche. »Ich habe mir sicherheitshalber Leons Adresse geben lassen.«

»Gute Idee!«, lobte Ilka. »Kommt, wir fahren hin und sehen mal nach.«

Das Haus, in dem Leon wohnte, stand in einer kleinen, alten, recht heruntergekommenen Siedlung. Auf den ersten Blick deutete nichts darauf hin, dass dort eine vierköpfige Familie wohnte. Kein Sandkasten, keine Schaukel, keine Hängematte, kein Windrad.

»Seltsam«, wunderte sich Jabali. »Wenn wir so einen Garten hätten, dann würde man sehen, dass wir den benutzen.«

Linh zuckte mit den Schultern. Auch ihr war sofort aufgefallen, wie lieblos alles

 aussah. Unkraut hatte die Herrschaft über edle Gewächse übernommen. Sträucher wuchsen wild über den renovierungsbedürftigen Gartenzaun.

Vielleicht hatten sie Glück und Leon war zu Hause. Jedenfalls konnten sie Geräusche hören. Irgendjemand war also da. Linh drückte den Klingelknopf. Plötzlich wurde es ganz leise. Aber an der Tür tat sich nichts. Niemand öffnete.

»Noch mal!«, forderte Ilka sie im Flüsterton auf. »Da ist doch jemand am Türspion gewesen!«

Alle spitzten die Ohren und hörten verschiedene Geräusche. Flüstern. Türklappern. Schritte. Geraschel. Aber auch der zweite Versuch war vergeblich.

»Ein sehr gastfreundliches Haus«, stellte Jabali mit gerümpfter Nase fest, während er auf vertrocknete Blumen sah.

Linh klingelte ein drittes Mal. Nichts.

»Das war's dann wohl«, sagte Jabali enttäuscht und drehte sich zum Gehen.

»Moment noch!«, rief Linh, die bemerkt hatte, dass sich die Haustür plötzlich einen Spaltbreit öffnete. Hinter einer vorgelegten Kette spähte Leon heraus.

»Ich kann nicht!«, flüsterte er. »Kommt nicht wieder. Wir sehen uns beim Training.« Und schon war die Tür wieder zu.

Die fünf schauten sich verwundert an.

»Da stimmt doch was nicht! Das ist doch alles irgendwie komisch!«, fand Ilka.

»Der tut gerade so, als ob er nicht rausdarf oder als ob er etwas verstecken will«, sagte Lennart.

Jabali nickte zustimmend. »Wir sollten vielleicht noch ein wenig hierbleiben«, schlug er vor. »Vielleicht tut sich noch irgendwas.«

Linh fand den Vorschlag gut.

Ilka sah nervös auf ihre Uhr.

Jabali wusste, weshalb. Sie befand sich mitten in Wettbewerbsvorbereitungen. Auch Lennart und Michael mussten eigentlich nach Hause. Sie hatten nach ihrem Zirkeltraining extra noch das Fechttraining abgewartet, um mit Leon zu sprechen. Nun wurde es immer später, und sie hatten beide noch keine Zeit gehabt, sich um ihre Hausaufgaben zu kümmern.

»Geht ihr nur«, schlug er vor. »Ich bleibe mit Linh noch ein Weilchen hier.« Er zog sein Sweatshirt aus, unter dem er nur noch ein ärmelloses T-Shirt trug. Die Sonne schien an diesem Tag schon so angenehm warm, dass Jabali gern auf sein Sweatshirt verzichtete.

Linh freute sich über seinen Vorschlag. Ebenso wie

 die anderen drei, die sich von ihnen verabschiedeten.

»Wenn etwas ist und ihr Hilfe braucht, meldet euch«, bot Michael noch an, dann fuhr er mit Ilka und Lennart los. Linh und Jabali blieben und behielten das Haus im Auge. Sie zogen sich ein wenig zurück, um nicht durch die Fenster gesehen werden zu können.

Lange brauchten sie nicht zu warten.

»Aufgepasst! Leon verlässt das Haus. Die an seiner Hand muss seine kleine Schwester Clara sein«, flüsterte Jabali wie ein Detektiv.

Linh starrte die beiden an und kniff dabei ihre ohnehin schmalen Augen zu noch kleineren Schlitzen zusammen. Sie stutzte. Irgendwas war ungewöhnlich.

Die beiden liefen zügig die Straße entlang, Leon schaute sich mehrfach um, gerade so, als ob er befürchtete, verfolgt oder zumindest beobachtet zu werden. Leons Schwester ließ sich widerstandslos auf Leons schnellen Gang ein und tippelte eifrig neben ihm her. Ihre Hand fest in Leons Hand.

Linh und Jabali schlichen hinterher. Da erkannte Linh, was ihr seltsam vorgekommen war. Clara trug einen langärmligen Rollkragenpulli.

»In so einem Ding hätte sogar ich schon einen

Hitzeschlag!«, sagte Jabali, nachdem Linh ihn auf ihre Beobachtung aufmerksam gemacht hatte. Und das bedeutete einiges. Denn ehe Jabali ins Schwitzen kam, musste er bei hochsommerlichen Temperaturen ein paar Kilometer im Wettkampftempo gelaufen sein. »Wieso trägt die bei schönstem Sonnenschein einen Winterpulli?«, überlegte er.

Leon und Clara bogen um die Ecke.

Linh und Jabali blieben an der Ecke stehen, versteckten sich halb hinter der Hauswand und sahen den beiden nach.

In der Mitte der Straße blieben Leon und Clara stehen. Die beiden betraten ein Geschäft.

»Das ist eine Drogerie!«, wunderte sich Linh.

»Bist du mit deinem kleinen Bruder schon mal in eine Drogerie gegangen?«, fragte Linh.

Jabali überlegte. Dann fiel es ihm ein. »Ja«, sagte er. »Denn die haben auch Süßigkeiten.«

Linh nickte. Das konnte eine Erklärung sein. Seltsam war nur: »Sieh mal, gegenüber ist ein kleiner Supermarkt. Ich vermute, die Auswahl an Süßigkeiten ist dort größer.«

Jabali zuckte mit den Schultern. »Vielleicht gibt es dort eine besondere Marke von Keksen oder Bonbons, die sie haben wollen.«

Linh kaute nachdenklich auf ihren Lippen.

»Also, wir klingeln bei Leon, um ihn zu besuchen. Ganz geheimnisvoll schickt er uns weg. Kurz darauf verlässt er das Haus, um Süßigkeiten zu kaufen? Dann hätten wir uns doch mindestens auf der Straße treffen und unterhalten können.«

Ein richtiger Gedanke, wie Jabali fand. »Du meinst, er kauft etwas, wovon wir nichts wissen sollen?«

Genau das glaubte Linh, wenngleich sie sich auch nicht so recht vorstellen konnte, was das sein könnte.

»Achtung, sie kommen wieder raus!«, warnte Jabali.

Schnell liefen die beiden auf die andere Straßenseite, wo sie sich hinter einigen am Seitenrand parkenden Autos verstecken konnten. Von hier aus beobachteten sie, wie Clara und Leon nach Hause zurückgingen.

»Süßigkeiten haben sie nicht gekauft«, war Linh nun sicher.

»Wieso?«, fragte Jabali.

»Weil sei keine essen.« Linh zeigte auf die beiden. »Niemand kauft sich Süßigkeiten, ohne sofort davon zu naschen.«

»Stimmt!«, pflichtete Jabali bei. Das hatte er auch noch nie getan.

Sie hätten zur Drogerie laufen können und unter dem Vorwand, sie wären die Geschwister der beiden, nachfragen können, was Leon und Clara gekauft hatten. Aber diese Möglichkeit schied leider aus. Denn Linh war Asiatin und Jabali ein Farbiger. Es wäre schwer gewesen zu behaupten, sie wären Leons Geschwister.

»Mist«, ärgerte sich Jabali. »Warum sehen die Europäer auch so anders aus?«

»Weiß ich auch nicht«, sagte Linh. »Aber ich habe trotzdem eine Idee. Komm.«

Linh lief voraus. Jabali folgte ihr und wunderte sich, was Linh in der Drogerie wollte.

Linh steuerte schnurstracks auf die Kasse zu und durchsuchte die Ablage an der Kasse, in die die Kassiererin die bereits eingetippten Waren legte.

»Suchst du was?«, fragte die Kassiererin.

»Schon gefunden«, antwortete Linh und griff sich die drei Kassenbons, die in der Ablage herumflatterten.

»Viele Menschen lassen ihre Kassenbons liegen«, erklärte Linh Jabali draußen vor der Tür. »Leon vielleicht auch.«

Linh sah die drei Kassenbons durch, auf denen die eingekauften Waren in Abkürzungen notiert waren.

Der erste Bon zeigte: *Raswa 12,95*

»Raswa?«, fragte Jabali.

»Rasierwasser!«, übersetzte Linh und strich Jabali über die glatte Wange. »Brauchst du noch nicht. Und Leon auch nicht.«

Sie knüllte den ersten Kassenbon zusammen. Auf dem zweiten stand eine lange Liste verschiedener Artikel. Da Leon nur eine kleine Tüte in der Hand getragen hatte, kam dieser Bon auch nicht infrage.

Blieb der dritte:

Schmerzg 3,95
Wundsal 2,95
Heftpfl 1,95

Mit sorgenvoller Miene betrachtete Linh den Bon, verglich die Uhrzeit mit der, die auf dem Bon gedruckt war, und stellte fest: »Das ist Leons Bon.«

»Und was hat er gekauft?«, fragte Jabali.

»Schmerzgel, Wundsalbe und Heftpflaster!«, übersetzte Linh.

»Nanu?«, wunderte sich Jabali. »Ich wusste gar nicht, dass Fechten so ein harter Sport ist.«

»Ich glaube auch nicht, dass er die Sachen fürs

Fechten gekauft hat«, widersprach Linh. Sie befürchtete eine andere, sehr schlimme Erklärung. »Vielleicht trägt die kleine Clara deshalb einen Rollkragenpullover, um blaue Flecken zu verdecken, wie ich sie ja auch bei Leon entdeckt habe.«

»Du meinst, das sind Spuren von Gewalt?«, fragte Jabali entsetzt.

Möglich war das.

»Blutergüsse kann man nicht verschwinden lassen, die kann man nur verdecken!«, stellte Linh bitter fest.

»Du meinst ...«, Jabali zögerte weiterzusprechen, »... das Mädchen wird verprügelt?«

Linh nickte nur kurz, aber bestimmt.

»Und deshalb die Sachen aus der Drogerie«, begriff Jabali. »In einer Apotheke hätte die Apothekerin bestimmt nachgefragt. Aber so eine Kassiererin, die kassiert eben nur ab.«

»Richtig«, bestätigte Linh. »Und solche einfachen Salben bekommt man eben auch in der Drogerie.«

»Aber wer tut ihnen das an?«, fragte sich Jabali. »Ich dachte, die kleine Clara und der Leon wohnen nur mit ihrer Mutter zusammen.«

Linh nickte. Genau das hatte sie auch gehört.

»Schwer vorstellbar, dass die eigene Mutter ihre Kinder so verprügelt«, fand Jabali. »Aber selbst wenn. Was hat das alles mit dem verschwundenen Florett zu tun?«

Linh wusste es auch nicht. Leon ließ sie nicht ins Haus, wo sie möglicherweise mehr hätten erfahren können. Vielleicht hätte er sie sogar gern hineingebeten, durfte es aber nicht?

»Meinst du nicht, das solltest du deinem Trainer erzählen?«, fragte Jabali.

Linh zögerte mit einer Antwort.

»Ich weiß es nicht«, sagte sie schließlich. »Was ist, wenn wir uns täuschen? Beweise haben wir keine. Nur Vermutungen. Dann hätten wir Leons Mutter in ein ziemlich schlechtes Licht gerückt. Leon würde uns das bestimmt übel nehmen.«

An Linhs Zweifel war etwas dran, musste Jabali zugeben. Sie befanden sich wirklich in einer schwierigen Lage.

»Auf jeden Fall müssen wir unseren Verdacht mit den anderen besprechen«, sagte Jabali.

Linh stimmte ihm zu. »Michael hat ja gesagt, wir können jederzeit anrufen.«

Linh und Jabali fanden, ihr neuer Verdacht war wichtig genug, um die anderen schnell zu alarmieren. Nur Ilka konnten sie nicht erreichen, denn die zog gerade ihre Bahnen in der Schwimmhalle.

Kurz darauf saßen Linh, Jabali, Michael und Lennart bei Linh, um zu beratschlagen, was sie tun konnten.

Die beste Idee hatte Lennart, fand Linh.

»Ich glaube, Leon redet mit niemandem, weil er niemandem traut. Oder ihm das Thema peinlich ist«, vermutete Lennart. Er konnte das gut nachvollziehen. Als er selbst mal in eine äußerst dumme Lage geraten und während eines Tischtennisturniers erpresst worden war, hatte er es auch eine Zeit lang keinem erzählt*. Obwohl er bei den Fünf Assen so gute Freunde hatte. Wie musste es erst sein, wenn man niemanden seinen Freund nennen konnte? »Deshalb trainiere doch erst mal mit ihm weiter«, schlug Lennart vor. »Und zeige ihm einfach nur, dass du, dass wir alle für ihn da sind, wenn etwas ist.«

Linh seufzte. »Vermutlich hast du recht. Aber ich denke, schon bald sollten wir dringend etwas unternehmen. Wenngleich ich auch noch nicht weiß, was.«

Auch Jabali stimmte dem Vorschlag zu. »Immerhin hat Leon schon zugegeben, dass sein Florett nicht gestohlen wurde.«

»Aber wir müssen we-

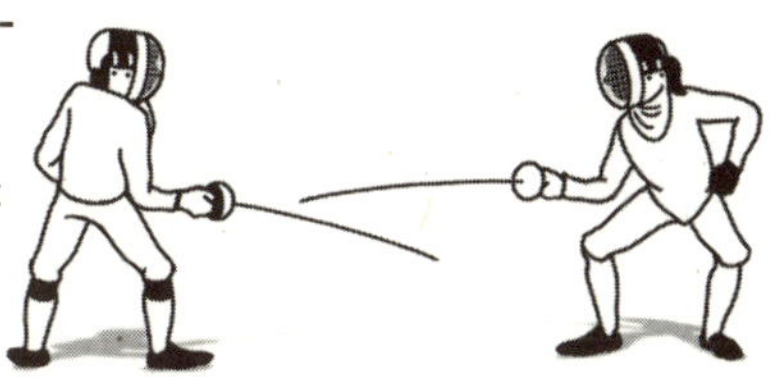

* siehe Band »Schmetterball«

nigstens rausbekommen, wo das Florett jetzt ist. Ob Leon es selbst noch hat, und wenn, was er dann damit vorhat!«, ergänzte Michael.

Das fanden auch alle anderen sehr wichtig.

Linh aber blieb im Moment keine andere Möglichkeit, als Leon beim Fechten wieder zur Seite zu stehen.

Beim nächsten Training sprach keiner der beiden den Besuch der Fünf Asse vor Leons Haustür an. Linh beherzigte das, was Lennart ihr gesagt hatte: »Gib ihm nur das Gefühl, dass wir für ihn da sind.« Und diese Taktik schien aufzugehen.

Leon taute ein bisschen auf, überwand sogar einige Male seinen Schlaginstinkt und ließ genau dann sein Talent für diese Sportart durchscheinen. Als Linh ihm das sagte, sah sie Stolz in seinen Augen aufblitzen.

»Meinst du wirklich, ich habe Talent?«, fragte er noch einmal nach.

Linh versicherte es ihm. Und fügte sogar noch an: »Ich bin sicher, Eric denkt genauso.«

Ein glückliches Lächeln huschte über Leons Gesicht.

Bevor Linh sich darüber freuen konnte, wurde Leon schon wieder ernst. Und wie aus heiterem Himmel fragte er Linh: »Meinst du, ich bin gut genug, um mich mit dem Florett zu verteidigen?«

Linh wollte gerade antworten und ihm erklären, in welchen Situationen er im Training besonders gut und in welchen weniger gut pariert hatte. Doch da machte sie ein Blick in sein finsteres Gesicht stutzig. »Wir sprechen doch hier vom Wettkampf, oder?«

Leon schüttelte den Kopf. »Ich meine, in echt.«

Zuerst hielt Linh das für einen schlechten Scherz. »Wie: in echt?«

»Na ja«, druckste Leon herum. »Gegen einen Bösen. Einen Einbrecher zum Beispiel.«

»Einen Einbrecher?«, wiederholte Linh, nach Leons Meinung viel zu laut.

»Pst!«, machte er.

»Du kannst doch gegen einen Einbrecher nicht mit einem Florett kämpfen!« Schon bei der Vorstellung lief es Linh eiskalt den Rücken hinunter.

»Wieso nicht?«, fragte Leon ernsthaft.

»Weil das Fechten ein Sport ist!«, betonte Linh. »Ich meine, du schießt doch einem Einbrecher auch keinen Fußball vor den Kopf, um ihn außer Gefecht zu setzen. Bei einem Einbrecher ruft man die Polizei. Und auf dem Sportplatz treibt man seinen Sport!«

»Aber du hast mich

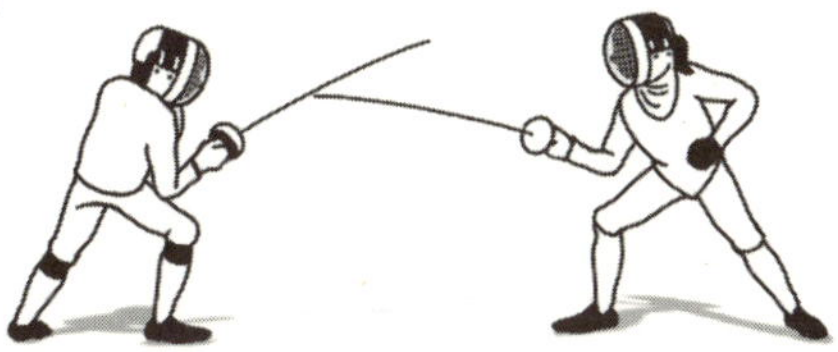

 gegen Sebastian auch verteidigt. Mit deinem Judo!«, entgegnete Leon ihr.

Linh schluckte. Sie suchte nach einer Antwort, die Leon verstehen würde. Doch Leon wartete gar nicht ab.

»Und so könnte ich doch auch mit dem Florett jemanden verteidigen!«

»Wen, um Himmels willen, willst du denn verteidigen?«, fragte Linh.

Leon schwieg.

»Und gegen wen?«

Wieder antwortete Leon nicht.

Da Eric schon missmutig beobachtete, wie sie miteinander sprachen, statt zu üben, stupste Linh Leon schnell an und flüsterte ihm zu: »Wir reden nach dem Training weiter.« Das dauerte zum Glück auch nicht mehr lange. Zum Abschluss machten sie nur noch ein paar Dehnübungen. Linh grübelte noch über Leons Frage und war erleichtert, als Eric die Gruppe endlich verabschiedete.

Auf der Flucht

Nach dem Training wartete Linh auf Leon. Leider kamen wieder Sebastian und seine beiden Blödmänner vor Leon aus der Halle.

Sebastian öffnete schon den Mund, um einen seiner dummen Sprüche loszuwerden.

Doch diesmal war Linh schneller. Sie hob mahnend den Zeigefinger und Sebastian schwieg. Nur zu gut erinnerte er sich, wie Linh ihm das letzte Mal zugesetzt hatte. So ganz konnte er es dann aber doch nicht lassen.

»Der Schläger und seine Braut!«, nuschelte er, als er schon in sicherer Entfernung war.

Linh hörte gar nicht hin. Auch, weil jetzt Leon aus der Halle kam. Vorsichtig schaute er sich um, ob nicht etwa Sebastian und seine Freunde auf ihn lauerten.

»Kein Angst«, lachte Linh. »Die haben schon wieder die Hosen voll!«

Das gefiel Leon. Er lächelte Linh an.

»Siehst du?«, sagte er. »Das will ich auch können.«

Linh bedauerte sofort, was sie gesagt hatte. »Weswegen willst du das können?«, fragte sie. »Wegen Sebastian und seinen Knallköpfen?«

Leon winkte ab. »Ach, die!«

Also nicht.

»Sondern?«, hakte Linh nach.

Nun biss sich Leon auf die Lippe, weil er wohl mehr preisgegeben hatte, als ihm lieb war.

»Wegen Clara?«, fragte Linh ihn auf den Kopf zu. »Willst du deine Schwester beschützen?«

Leon wurde bleich. »Wie kommst du darauf?«

Linh spürte, dass sie ins Schwarze getroffen hatte. Sie erkannte aber auch, wie unangenehm Leon das war.

»Nur so«, schwindelte Linh.

Doch es war zu spät.

»Mit meiner Schwester ist nichts. Verstanden!«, raunzte Leon sie rüde an. Er warf seine Tasche auf den Gepäckträger, schloss wortlos sein Rad auf und brauste davon, ohne auch nur noch ein einziges Wort zu sagen.

»Leon!«, rief Linh ihm hinterher. Vergeblich.

In Linh flammte erneut der Verdacht auf, dass Leon sein Florett nicht verlegt oder verloren hatte. Wie sie schon befürchtet hatten, hielt er es womöglich irgendwo versteckt, um sich – wie er gesagt hatte – »gegen einen Bösen« verteidigen zu können. Wer auch immer das sein sollte. Linh beschloss, Leon zu folgen. Auch wenn es unangenehm war, jemanden heimlich zu beobachten, sie wollte unbedingt rauskriegen, was es mit Leons Fragerei auf sich hatte.

Leon fuhr nicht direkt nach Hause, sondern nahm einen anderen Weg. An einem Fahrradunterstand in der Nähe des Bahnhofs hielt er an. Er schloss sein Rad an einem Laternenpfahl an und verschwand in den Unterstand.

Das ergab keinen Sinn. Was wollte man in einem Fahrradunterstand, wenn man sein Rad schon draußen angeschlossen hatte?

Linh blieb in sicherer Entfernung zu Leon, wollte aber nah genug bleiben, um alles zu beobachten. Das bedeutete, dass sie sich hinter einem Auto zusammenkauern musste. Leon konnte sie dort zwar nicht sehen, aber jeder andere, der hier vorbeikam, musste sich doch sehr wundern, was Linh dort trieb. Sie hoffte, dass sie niemand entdeckte und womöglich deswegen ansprach.

Zum Glück verließ Leon den Unterstand schon wenige Augenblicke

später. Mit etwas Langem über der Schulter. Einem Florett!

Leon hatte zwar ein buntes Tuch drumgewickelt, aber Linh war sicher, dass es sich um das Florett aus der Schule handelte. Sie reagierte blitzschnell und rannte auf Leon zu. Jetzt nur keinen Fehler machen, dachte sie. Sie musste es schaffen, an Leon heranzukommen, bevor er wieder fortlief.

»Hallo Leon!«, rief sie in einem betont freundlichen und überraschten Ton. »Das ist ja lustig. Was machst du denn hier?« Sie lächelte ihn vertrauenerweckend an. Leon sollte so spät wie möglich erkennen, was sie vorhatte. »Hier um die Ecke ist mein Zahnarzt!«, schwindelte Linh. »Gerade hab ich noch an dich gedacht, und da bist du plötzlich. Was tust du hier?«

Leon stellte das Florett hastig hinter einem Pfeiler des Unterstandes ab. Linh ließ sich nicht anmerken, dass sie das genau gesehen hatte, ging zu ihm und klopfte ihm auf die Schulter.

»Ich ... äh ... ich ...«, stotterte Leon verlegen. »Ich muss auch zum Zahnarzt!«

Linh hätte fast losgeprustet wegen der plumpen Ausrede. Soweit sie wusste, gab es hier in der Straße überhaupt keine Ärzte. Aber das schien Leon nicht zu ahnen.

»Tatsächlich?«, fragte Linh. »Vielleicht haben wir den gleichen Zahnarzt. Das wäre ja ein lustiger Zufall«, sprach sie weiter und drehte sich dabei etwas um Leon herum. So war sie dem Florett noch ein Stück näher. »Wollen wir zusammen hochgehen?«

»Öh ...«, wand sich Leon. Er wusste nicht, was er antworten sollte.

Linh genoss ihren Überraschungsauftritt. Wenn es hier tatsächlich einen Zahnarzt gäbe, würde sie Leon glatt dazu kriegen, sich auf den Behandlungsstuhl zu setzen. Sie nutzte Leons Verwirrung, griff nach dem Florett, nahm es fest in die Hand und hielt es vor Leons Gesicht.

»Und ist das vielleicht der Bohrer von deinem Zahnarzt?« Auf einen Schlag wurde Linh sehr ernst.

Leon lief rot an und musste mehrmals schlucken.

»Mit so was verteidigt man sich nur in der Übung oder im Wettkampf!«, erinnerte Linh ihn noch einmal. »Nur mit Trainern oder Kampfrichtern. Nur mit strengen Regeln! Mit so was kämpft man nicht wild drauflos! Verstanden? Und deshalb klaut man solche Waffen auch nicht!

Und wenn man sie klaut, dann schiebt man das nicht anderen in die Schuhe! Und schon gar nicht einem Freund von mir!« Ihre Wut über die Diebstahlslüge flammte für einen Moment wieder in ihren Augen auf. Wenn es gegen einen ihrer Freunde ging, fiel es selbst Linh schwer, Ruhe zu bewahren.

Leon versuchte, sich das Florett zu greifen, aber sein Versuch scheiterte an Linhs schnellem Reaktionsvermögen. Sie wich geschickt damit aus und sagte: »Das wolltest du doch bestimmt morgen wieder bei Eric abgeben, oder nicht?«

Leon schüttelte entschieden den Kopf. »Das ist meine Sache! Das geht dich nichts an!«, rief er in verzweifeltem Ton und rannte wütend davon.

Linh schaute ihm ratlos nach. Sie trug zwar das verschwundene Florett bei sich, aber das Rätsel darum hatte sie trotzdem noch nicht gelöst. Sie befürchtete, dass er jetzt den Kontakt zu ihr abbrechen würde. Linh hatte keine Idee, wie sie Leon helfen konnte. Traurig fuhr sie durch die Straßen zurück.

Zu Hause betrachtete sie die Waffe eingehend. Sie hatte über die Möglichkeit, jemanden böswillig mit einem Florett zu verletzen, noch nie nachgedacht. Alles Bestreben im Training war darauf ausgelegt, sich mit dem Anzug, der Maske und mit dem Schutzknopf an der Klingenspitze vor möglichen Verletzungen zu bewahren. Wie schwerwiegend Verletzungen sein konnten, die so ein Ding bei einem Ungeschützten verursachen würde, wusste Linh gar nicht genau.

Sie nahm sich vor, sich noch einmal mit ihren Freunden zu beraten. Denn wenn sie Eric die Waffe zurückbrachte und bezeugte, dass Leon sie gestohlen hatte, würde Leon aus dem Kurs fliegen. Wollte sie das? Bei jedem anderen hätte sie, ohne zu zögern, den Diebstahl angezeigt. Aber bei Leon war es etwas anderes. Hinter Leon verbarg sich ein Geheimnis, das sie nicht lüften konnte.

Was sollte sie also tun? Leon in Schutz nehmen, indem sie vor Eric behauptete, dass Leon das Florett doch nur verlegt hatte?

Der schulfreie Samstag am nächsten Tag bot sich für ein Fünf-Asse-Treffen bei Linh wunderbar an und Linhs Eltern waren auch den ganzen Tag irgendwo unterwegs. Bis morgen hatten die Fragen, die Linh durch den Kopf schwirrten, auch Zeit. Nur Linhs Schwester Huong brauchte Linhs Aufmerksamkeit, aber das kannten ihre Freunde ja schon.

Im Moment war ihre Mutter mit Huong bei einer Freundin, ihr

 Vater noch zur Arbeit. Beide würden heute etwas später als üblich nach Hause kommen. Linh genoss die Ruhe in der Wohnung. Jetzt war eine gute Gelegenheit, ihren Pflanzen endlich mal wieder die Zuwendung zukommen zu lassen, die ihnen zustand. Sie wuchsen prachtvoll in Linhs Zimmer und entwickelten zu ihrer Freude Blüten in den unbeschreiblichsten Farben.

Leon ging ihr nicht aus dem Kopf. Immer wieder schob sich seine Frage zwischen Linh und die Blüten. »Wie kann ich mich verteidigen?« Wen hatte er mit »dem Bösen« gemeint?

Gedankenverloren hatte sie eine Pflanze viel zu lang gegossen und wischte gerade das übergelaufene Wasser auf, als jemand an der Tür klingelte.

Linh schreckte auf. Vermutlich Ilka, die nach ihrem Training noch mal vorbeischaute, dachte Linh. Trotzdem schaute sie, wie es ihre Eltern ihr beigebracht hatten, erst durch den Türspion, bevor sie entschied, ob sie öffnete oder nicht. Aber das war gar nicht so einfach. Nur auf Zehenspitzen konnte sie einen Blick vor die Tür ergattern. Leon! Linh hatte mit jedem gerechnet, dem Paketboten oder der Nachbarin. Zuallerletzt mit Leon!

Er stand vor der Tür, seine Schwester an der Hand.

Linh öffnete schnell.

Leon war kreideweiß, und wie sie es schon einmal hinter seiner Maske beobachtet hatte, kullerten Tränen über seine Wangen.

»Hallo!«, sagte Linh. Sie vergaß vor lauter Überraschung, die beiden hineinzubitten.

»Können wir bei euch bleiben? Ich bin von zu Hause abgehauen!«, fragte Leon hoffnungsvoll.

Linh zog die Augenbrauen hoch. »Von zu Hause abgehauen?«, wiederholte sie. Noch nie hatte sie jemanden getroffen, der von zu Hause weggelaufen war. So etwas kannte Linh nur aus Büchern oder Filmen. Jetzt stand ein Ausreißer direkt vor ihr und bat sie um Hilfe.

»Kommt erst mal rein!«, entschied Linh und ärgerte sich, dass sie das Fünf-Asse-Treffen erst für den nächsten Tag vorgesehen hatte. Nichts wäre ihr lieber gewesen, als dass ihre Freunde jetzt hier wären.

Leon zog seine Schwester hinter sich her. Linh wies Leon den Weg in ihr Zimmer. Auf der Schwelle blieb Leon stehen und bewunderte Linhs schönes Zimmer.

»Setz dich«, forderte Linh ihn auf.

Leon ging zwei Schritte ins Zimmer,

 blieb aber stehen. Ebenso wie Clara, die sich ansonsten nicht rührte und keinen Mucks machte. Immer noch trug sie den Rollkragenpullover.

»Ich bin weggelaufen!«, wiederholte Leon. »Weil ich nicht weiß, wie ich mich verteidigen kann. Jetzt musst du mir helfen.«

Selbstverständlich wollte Linh das. »Bis meine Eltern zurückkommen, könnt ihr hierbleiben, aber dann ...?« Linh schaute ratlos zu Leon. »Warum bist du abgehauen?«

»Weil ich mich nicht verteidigen kann. Du hast meine Waffe!«, antwortete Leon.

»Gegen wen musst du dich verteidigen?«, fragte Linh.

Leon überlegte. Er rang mit sich, ob er Linh einweihen sollte. Aber er begriff wohl auch, dass es ohne eine Erklärung nicht die geringste Chance gab, bei Linh bleiben zu können.

Endlich begann er zu erzählen. Und Linh war nun doch ganz froh, dass die anderen nicht da waren. Im Beisein von Michael hätte Leon bestimmt nichts erzählt.

Leons Mutter hatte seit einem Jahr einen neuen Freund: Ralf, den sie Onkel Ralf nennen mussten, berichtete Leon.

»Am Anfang hat Onkel Ralf auch mit uns gespielt, aber das ging ganz schnell vorbei«, sagte

Leon und streichelte mit der Hand zart über den Kopf seiner Schwester.

»Hast du was zu trinken für sie?«

»Klar!« Linh flitzte in die Küche, auch wenn dadurch Leons Erzählung unterbrochen wurde, holte einen Litschisaft aus dem Kühlschrank und eilte mit der Flasche und drei Gläsern unter dem Arm zurück ins Zimmer, wo sie einschenkte.

Clara trank gierig das Glas in einem Zug aus, bekleckerte dabei ihren Rollkragenpullover und stellte das Glas ab.

»Aaaaah!«, machte sie genießerisch. »Schmeckt guuuuut!«

Leon roch an dem Glas. »Was ist das?«

»Die schwitzt sich ja zu Tode in dem Pullover«, bemerkte Linh. »Kein Wunder, dass sie so einen Durst hat.«

Leon betrachtete Linh.

»Das ist Litschisaft«, sagte Linh.

»Kenne ich nicht«, sagte Leon.

»Lecker!«, fand Clara.

Linh schenkte ein zweites Glas für Clara ein.

Leon zog Clara den Pullover aus. Darunter trug sie nur ein Unterhemd.

Linh erschrak. Auf Claras Rücken, Armen und Hals wurden dicke, dunkelblaue Flecken sichtbar.

Leon trank von seinem Litschisaft.

Linh deutete auf die blauen Flecken. »Ralf?«, fragte sie.

Leon setzte sein Glas ab. »Seit Ralf bei uns eingezogen ist, ist alles anders.«

Seine Mutter stritt oft mit ihm. Sie wollte ihn aber nicht verlieren.

Clara trank ihr zweites Glas und setzte sich unsicher zurück auf den Stuhl.

»Anfangs hat Ralf nur viel mit uns geschimpft und uns wegen jeder Kleinigkeit angbrüllt!«

Leon machte wieder eine kleine Pause und sah sich verlegen im Raum um.

»Der Freund deiner Mutter brüllt euch oft an und schlägt euch?«, versuchte Linh, Leon weiterzuhelfen.

Leon nickte und schaute in sein Saftglas. »Meine Mutter sagt, wenn er wieder Arbeit hat, dann wird alles besser. Sie sagt, Ralf ist ein guter Mensch. Wir sollen nur artig sein.« Während Leon weiter auf das Glas starrte, schüttelte er den Kopf. »Aber wenn Ralf wütend wird, dann ...«, Leon zögerte einen Moment und sah zu Clara, »... dann schlägt er und Ralf wird schnell wütend.«

Linh war geschockt und wartete geduldig ab, ob Leon weitersprach.

»Er schlägt immer öfter und immer härter. Erst nur mich und nur mit der Hand, aber inzwischen auch härter und ...«, er stockte wieder, »... und jetzt auch Clara.«

Leon stoppte die Beschreibung und trank die zweite Hälfte des Glases in einem Zug leer. »Meine Mutter weiß nichts von meinem Fechtunterricht! Sie denkt, ich gehe zum Handballtraining.«

Linh konnte gar nicht richtig fassen, was sie da von Leon hörte. Sie wusste nicht, wie lange, aber eine ganze Weile saß sie einfach nur stumm da. Dann fragte sie: »Deshalb hast du das Florett versteckt. Es durfte zu Hause nicht auftauchen, nicht wahr?«

Leon nickte.

Plötzlich fiel Linh auf, dass Leons Geschichte einen Haken hatte. »Aber deine Mutter hat doch die Einverständniserklärung für das Fechttraining unterschrieben?«, wunderte sie sich.

Leon zuckte mit den Schultern. »Gefälscht!«, antwortete er kurz. »Und weil mein Taschengeld nicht ausreicht, bin ich den Mitgliedsbeitrag für die Gruppe auch schon zwei Monate schuldig!«

Linh begriff, dass Leon das Geld nicht verjubelt hatte. »Die Schmerzsalbe!«, sagte sie.

»Ja!«, bestätigte Leon erstaunt. »Woher weißt du das?«

Linh verfluchte sich. Leon wusste ja nicht, dass Jabali und sie Leon heimlich beobachtet hatten. Mit einer neuen Frage lenkte sie ab. Es funktionierte.

»Und mit dem Florett willst du dich wehren?«

»Ja!«, rief Leon. »Wenn ich gut fechten kann, dann kann ich mich auch gegen den Stock wehren! Zum Beispiel mit einem Florett!« Er schaute sich in Linhs Zimmer um, als ob er nach ihrem Florett suchte. Aber Linh bewahrte es sorgfältig in ihrem Schrank auf. Sie hatte genau hingehört. Gerade hatte Leon verraten, vielleicht ohne Absicht, womit Ralf ihn angriff. Mit einem Stock! Linh war entsetzt, versuchte aber, sich das nicht anmerken zu lassen.

»Unsinn!«, widersprach sie ihm. »Man kann nicht mit Stock und Florett fechten. Wie soll das denn gehen? Du musst fechten, weil es dir Spaß macht. Und du musst dich jetzt schon wehren, auch wenn du noch nicht fechten kannst.«

»Wie denn?«, fragte Leon.

»Wir müssen es erzählen!«, erklärte Linh. »Deiner Lehrerin. Unserem Trainer. Der Polizei.«

Leon sah plötzlich enttäuscht in sein leeres Glas und murmelte. »Also hilfst du mir doch nicht!«

»Doch!«, versuchte Linh es noch einmal. »Ralf greift mit dem Stock an. Du schützt dich nicht mit einem Florett, sondern mit deiner Erzählung. Ralf wird begreifen. Wenn er zuhaut, kommt die Polizei. Das ist schlimmer als ein Treffer mit dem Florett!«

»Und dann?«, flüsterte Leon und vergewisserte sich, dass seine Schwester gerade nicht zuhörte. »Dann kommt meine Mutter ins Gefängnis! Da lerne ich lieber fechten!«

Linh stöhnte. Daran hatte sie nicht gedacht. Offenbar war die Lage doch verzwickter, als sie vermutete. Und komplizierter als ein Fechtkampf.

Aber wenn Leon und Clara bei ihr blieben, war das auch keine Lösung.

»Meinst du nicht, dass deine Mutter und dieser Ralf euch schon suchen?«, fragte sie.

Leon zuckte mit den Schultern. »Meine Mutter kommt heute erst spät nach Hause. Und Ralf guckt freitags abends immer Fußball in einer Kneipe, die Pay-TV hat. Bestimmt kümmert der sich nicht um uns. Der findet schon eine Ausrede für meine Mutter, warum wir weg sind. Außer-

dem ist er meistens betrunken, wenn er aus der Kneipe kommt.«

Linh runzelte die Stirn. Sie fühlte sich außerstande zu überlegen, wie es jetzt weitergehen sollte. Sie schaute auf die Uhr. Zwar würde bald ihre Mutter mit Huong zurückkommen. Aber was sollte ihre Mutter schon ausrichten? Sie konnte Leon und Clara nur wieder nach Hause schicken. Linh war aber sicher, dass Leon bestimmt nicht wieder nach Hause gehen würde.

Doppeltreffer

Wie immer, wenn Linh nicht weiterwusste, rief sie ihre Freunde.

»Es klappt!«, freute sie sich, nachdem sie das Telefonat mit Ilka beendet hatte. »Ilka ruft Jabali an, der informiert Lennart und der dann noch Michael. In einer halben Stunde sind sie alle da. Gerade noch genug Zeit.«

»Wofür?«, fragte Leon, beeindruckt, wie schnell Linhs Freunde zur Stelle waren.

»Um ein paar Burger zu machen«, lächelte Linh.

Sie hatte den Nagel auf den Kopf getroffen. Clara und Leon hatten schon seit Stunden nichts mehr gegessen. Leon staunte nicht schlecht, als er Linh in der Küche beobachtete. Sie schnitt Zwiebeln in kleine Würfel, würzte sie mit Currypulver, Salz und Pfeffer. Sie gab Knoblauch, Basilikum, Tomatenwürfel und Olivenöl in einen Mixer und pürierte das Ganze zu einer schmackhaften Soße. Im Nu hatte sie drei Scheiben

 von einer Ananas geschnitten und briet sie in einer Pfanne. Sie schnitt drei längliche Brötchen auf und legte sie auf den Toast. Danach strich sie die Soße drauf und belegte sie mit der Ananas. »Frisches Hackfleisch konnte ich heute Vormittag schlecht besorgen«, räumte sie schulterzuckend ein, während Clara geduldig abwartete, was Linh da fabrizierte. Sie übergab jedem einen Teller mit einem Burger. Leon und Clara aßen mit großem Appetit. Sie hatten gerade ihre Burger vertilgt, da klingelte es an der Haustür.

Michael steckte die Nase in den Flur und roch es sofort: »Selbst gemachte Burger?«

»Leider schon alle«, lachte Linh. »Komm rein.«

Michael trat in den Flur und überreichte Linh einen Zettel.

»Hier! Für dich.«

Verwundert entrollte Linh den Zettel und las: »Auch wenn die Biene einen gestreiften Rücken hat, ist sie noch lange kein Tiger.«

»Chinesisch«, räusperte sich Michael und grinste verschmitzt. »Ich meine, neulich war ich ein bisschen sauer, als ich ...« Sein Blick ging hinüber in die Küche, wo Clara und Leon ihre leeren Teller wegräumten. »... unter Verdacht stand.«

Linh strahlte und freute sich sehr, dass ausgerechnet Michael, der so oft über ihre Gewohnheit, Weisheiten aus aller Welt zu zitieren, lästerte, sich mit einer chinesischen Weisheit entschuldigte.

»Weiß ich doch, dass du kein Tiger bist!«, lächelte Linh und klopfte Michael freundschaftlich auf die Schulter.

»Den kanntest du noch nicht, oder?«, triumphierte Michael.

Wenig später trafen auch Ilka, Jabali und Lennart ein. Sie hatten sich unterwegs getroffen und waren zusammen weitergegangen.

»Erzähl du es ihnen«, bat Leon Linh.

Linh erklärte ihren Freunden, warum Leon mit seiner Schwester bei ihr war und dass sie dringend eine Idee brauchten, wie es weitergehen sollte.

Natürlich waren die vier erschrocken über diese Neuigkeiten, wenngleich sie auch nicht wirklich überraschend waren. Denn einen Verdacht in diese Richtung hatte Linh ja schon geäußert, als sie die Blutergüsse auf Leons Rücken entdeckt hatte. Genauso wie sie vermutet hatte, dass Clara unter ihrem Rollkragenpulli ebensolche Flecken versteckte.

»Wir müssen An-

 zeige erstatten«, sagte Ilka nach einer Weile und mit einem lauten Seufzer ergänzte sie: »wegen Kindesmisshandlung.«

»Anzeige?«, fragte Leon ängstlich. »Dann wird vielleicht auch meine Mutter bestraft.«

Das wollte natürlich niemand. Lennart setzte sogar noch einen drauf: »Das Problem ist, wenn wir Anzeige erstatten, dann wird erst mal nachgeforscht«, vermutete er. »Und in der Zeit müssen Clara und Leon vielleicht wieder nach Hause zurück. Auch mit Ralf.«

»Wenn aber Anzeige gegen ihn erstattet wurde, wird es ihn nicht gerade fröhlich stimmen«, warnte Lennart. »Dann geht es bei denen zu Hause doch erst recht ab.«

Die Lage war wirklich mehr als verzwickt.

»Niemals!«, rief Leon. »Wir gehen nicht zurück!«

Keiner konnte ihm das verübeln, aber niemand wusste Rat.

»Heute Nacht bin ich allein«, verkündete Jabali und fügte hinzu: »Jedenfalls fast. Meine Eltern müssen zu einem Empfang. Und Rasul schläft bei seinem Freund.« Er sah auf die Uhr. »In einer Stunde muss ich zu Hause sein. Leon und Clara könnten dann erst mal zu mir. Ohne große Erklärungen für meine Eltern.«

»Die Frage ist, was stellt Leons Mutter an, wenn

Leon und Clara heute Nacht nicht nach Hause kommen?«, fragte sich Ilka.

»Ich habe eine Idee!«, strahlte Linh plötzlich. »Wir machen es einfach umgekehrt!«

»Umgekehrt?«, fragte Michael und stellte sich vor, wie alle bei Leon und Clara unterkrochen.

»Wir schicken Leons Mutter zu Leon und Clara!«

»Hä?«, fragte Michael.

Auch die anderen verstanden nicht, was Linh damit sagen wollte.

»Eric hat einen Sportsfreund, der bei der Polizei ist. Auch ein Fechter. Ein paarmal hat er Eric beim Training assistiert.«

Die anderen hörten aufmerksam zu. Leon bereitete schon das Wort Polizei Unbehagen.

»Wenn es uns gelingt, dass deine Mutter ...« Linh sah Leon dabei an. »... zu einer Fechtstunde mit Eric und seinem Freund kommt.«

Leons Miene verzog sich weiter. Seine Mutter wusste ja nicht mal, dass er focht.

»Wenn uns das also gelingt«, führte Linh trotzdem ihren Plan weiter aus, »dann sieht Leons Mutter nicht nur, warum Leon fechten will. Sondern Erics Freund kann auch mal mit ihr reden.«

»Als Polizist?«, fragte Ilka nach.

»Ja«, fand Linh. »Als Freund und Helfer, wörtlich genommen. Er kann ihr als Polizist klarmachen, welche Folgen es für sie hat, wenn sie ihre Kinder nicht schützt.«

»Und als Helfer kann er sie unterstützen, sich gegen Ralf zu wehren«, ergänzte Lennart. »Ein guter Plan.«

Die Fünf Asse waren begeistert. Nur Leon schaute noch etwas unglücklich drein. Obwohl es ihn beeindruckte, wie sehr sich die fünf den Kopf zerbrachen, um ihm und seiner Schwester zu helfen. Dann aber wandte er ein: »Meine Mutter wird niemals zur Fechtstunde kommen.«

Da war Linh ganz anderer Meinung. »Wir müssen es versuchen! Und zwar heute Nacht!«

»Heute Nacht?« Lennart schaute Linh entgeistert an. Linhs Vorschlag klang nicht so, als könnten sie damit Leons Problem lösen, fand er, sondern eher so, dass er auch noch Ärger mit seinen Eltern bekommen würde.

Doch Linh blieb dabei. »Es ist unsere einzige Chance. Wenn Leon und Clara heute Nacht fortbleiben, ist bei denen zu Hause doch die Hölle los. Also müssen wir seine Mutter, Eric und dessen Polizeifreund noch heute zusammenbringen. Außerdem ...« Linh sah auf die Uhr. »Es ist gerade mal halb acht. Wir haben noch den ganzen Abend.«

»Wenn das klappt, wird das ein richtiger Doppeltreffer«, schwärmte Michael. »Deine Mutter sieht dich endlich mal fechten. Und gleichzeitig werdet ihr vor Ralf geschützt.« Michael gab Leon einen so kräftigen Klaps auf die Schulter, dass der fast eine Vorwärtsrolle gemacht hätte. »Gibt's nicht bei euch im Fechten auch einen Doppeltreffer?«

Linh schüttelte den Kopf. »Nicht beim Florett. Aber bei Degen und Säbel!«

»Wie bei den echten Piraten?«, fragte Leon.

»Na ja.« Den Vergleich fand Linh jetzt wieder nicht so toll. Aber wenn er dazu beitrug, dass Leon dem Plan zustimmte ... »Von mir aus auch wie bei den Piraten!«

»Und den Musketieren!«, ergänzte Leon strahlend.

Linh stöhnte.

»Nö!«, widersprach Jabali. »Wie bei den Fünf Assen! Viel besser als die drei Musketiere. Einer für alle.«

»Alle für einen!«, riefen die anderen im Chor.

Leon strahlte. Wurde dann aber schnell wieder ernst.

»Und weshalb glaubst du, dass meine Mutter kommt?«, fragte er.

Linh sah ihn verschmitzt an. »Du rufst sie an und sagst, dass du auf einer tollen Gespensterparty bist. Im Sportverein. Mit Eltern. Und sie soll auch kommen.«

Leon tippte sich an die Stirn. »Gespensterparty? Das erlaubt meine Mutter nie. Die wird vor Wut schnauben. Und Ralf erst.«

»Genau ...«, grinste Linh. »Und was werden sie tun?«

»Hinkommen und mich holen und dann ...«, wollte Leon erklären.

Doch Linh unterbrach ihn. »Hinkommen! Ganz genau. Dann haben wir sie da, wo wir sie haben wollen. Und der Rest des Abends läuft dann anders, als sie denkt!«

»Wow!«, stieß Michael aus. »Nicht schlecht, der Plan. Jetzt müssen nur noch Eric und sein Freund mitmachen.«

»Und unsere Eltern!«, erinnerte Lennart. »Ich kann auch nicht einfach abends wegbleiben.«

»Du sagst, du schläfst bei mir«, schlug Jabali vor. »Wie gesagt, meine Eltern kommen heute erst spät nach Hause.«

»Dann schlaf ich auch bei dir!«, rief Michael.

»Und ich bei dir«, sagte Ilka schnell zu Linh.

Linh seufzte. »Toll. Und ich muss es meinen Eltern erklären. Aber na schön.«

Ein perfekter Plan

Linh griff gleich zum Telefon und rief Eric an. Es dauerte etwas, ihm alles zu erklären, aber am Ende hatte Linh ihn so weit. Eric machte mit und versprach, sich sofort mit seinem Freund, dem Polizisten, in Verbindung zu setzen.

»Der ist Nachtarbeit gewohnt«, meinte Eric abschließend. »Also, wir treffen uns dann in zwei Stunden?«

Linh schaute wieder auf die Uhr. »Um kurz vor zehn. Genau.«

Sie legte auf und sah in die Runde: »Es klappt!«

Jeder im Raum spürte die Anspannung. Würde ihr Plan funktionieren? Oder waren sie nur auf dem besten Wege, sich eine Menge Ärger einzuhandeln? Doch jetzt gab es kein Zurück mehr. Eric war alarmiert und durch ihn auch gleich die Polizei.

»Also los!«, sagte Linh. »Jetzt ruft ihr eure Eltern an. Ich lege

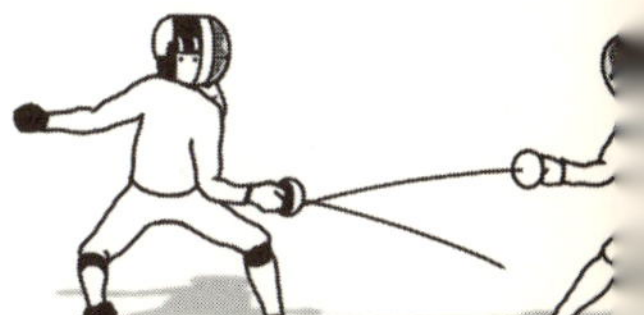

meinen Eltern einen Zettel hin, dass wir uns noch mit der Fechtgruppe treffen. Dann müssen wir gehen. Leon ruft seine Mutter von der Schule aus an.«

Der kleine Trupp zog los zur James-Connolly-Schule.

Linh trug ihre Sporttasche mit der Fechtausrüstung und dem Florett über der Schulter.

»Wo gehen wir hin?«, fragte Clara.

»Heute gibt es ein Sondertraining mit Leon!«, antwortete Linh.

Clara riss ihre Augen auf und lief zu Leon. »Aber nicht gegen Leon kämpfen, nicht gegen Leon!«, rief sie entsetzt.

Leon nahm sie liebevoll an die Hand. »Das ist wie ein Spiel, weißt du. Kein richtiger Kampf!«, beruhigte er sie.

»Wie Prinzen, die um die Prinzessin kämpfen«, glaubte Clara. »Gegen Drachen!«

Linh blickte entnervt zum Himmel.

Und Michael fauchte: »Genau. Und ich bin der Drache. Grrrrr!«

»Huaaaaaa!«, macht Clara. Und trat Michael gegens Schienbein. Michael schrie auf.

Leon wies seine Schwester scharf zurecht.

Nur Lennart prustete los: Michael schien bei kleinen Mädchen kein Glück zu haben.

»Leute, wir sind zu einer ernsten Sache unterwegs«, erinnerte Ilka alle.

Und Clara bestätigte: »Ich habe Angst vor Drachen!«

Das Schulgelände war an diesem Abend menschenleer und ruhig. Eine seltsame Stimmung lag über diesem verlassenen Ort.

Eric empfing den Trupp am Eingangstor, das er eigens für dieses »Sondertraining« geöffnet hatte. Einen Moment zweifelte Linh, ob Leons Mutter die Halle finden würde, aber da beruhigte sie Eric schon. »Walter, mein Kumpel, wird nachher hier stehen und nach einer gewissen Besucherin Ausschau halten!«

»Aber doch nicht in Uniform, oder?«, hakte Leon erschrocken nach.

»Nein, natürlich nicht! Er will ja niemanden verschrecken«, beruhigte ihn Eric.

In der Halle hatte Erics Freund noch viele Fragen. Linh und Leon erzählten ihm alles.

Dann zogen die beiden sich um. Eric hatte für Leon Florett und Fechtanzug mitgebracht. Als sie in voller Montur in die Halle zurückkamen, wurde es auch schon Zeit, Leons Mutter anzurufen.

Mit schweißnassen

 Händen nahm Leon Linhs Handy und rief zu Hause an.

Das Gebrüll seiner Mutter konnte sogar Linh verstehen, obwohl nicht sie, sondern Leon das Handy ans Ohr hielt.

»Gespensterparty?«, keifte Leons Mutter in die Leitung. »Bist du nicht bei Sinnen? Und dann mit der kleinen Clara? Komm sofort nach Hause!«

»Nein!«, krächzte Leon zaghaft ins Telefon.

»Was soll das denn heißen?«, schimpfte seine Mutter. »Ich habe gesagt, du kommst sofort nach Hause. Aber dalli!«

»Nein!« Leon blieb standfest.

Es entstand eine kleine Pause. Dann wurde die Stimme am anderen Ende der Leitung noch lauter. Ralf war dran. »Wenn du nicht kommst, dann komme ich und hole dich. Und dann kannst du was erleben!«, brüllte er.

»Ja!«, sagte Leon leise.

»Was ja?«, schrie Ralf.

»Du musst uns holen«, antwortete Leon.

»Du kommst jetzt nach Hause!« Ralfs Stimme überschlug sich fast.

»Nein!«, wiederholte Leon. Und legte auf.

Mit zitternder Hand gab er Linh das Handy zurück.

»Gut gemacht!«, lobte Linh. Sie konnte sich vorstellen, wie schwer ihm das Telefonat gefallen sein musste.

»Hoffentlich kommt sie auch«, sagte Michael.

Leon nickte. »Wird sie.« Seine Stimme klang unsicher. Er zweifelte nicht, dass seine Mutter auftauchen würde. Aber die Frage war, was dann geschah. Er konnte sich nicht vorstellen, dass seine Mutter und Ralf sich in Ruhe seinen Fechtkampf ansehen würden.

Eric klopfte Leon auf die Schulter. »Das machen wir schon!«, versprach er.

Erics Freund Walter ging vor die Halle, um Leons Mutter am Eingang abzufangen.

Der Trainer führte Linh und Leon in einen Nebenraum, wo sie warten sollten, bis er sie holen würde.

Ilka ging mit Clara in einen Bereich der Halle, von wo sie hinter aufgebauten Kästen alles überblicken konnten, aber nicht gleich entdeckt wurden.

In der Halle waren noch kurz Erics Schritte zu hören, der sich wie Lennart, Jabali und Michael auf eine Bank setzte. Dann wurde es still. Alle warteten auf Leons Mutter.

Plötzlich kündigten Geräusche ihr Kommen an. Walter führte Leons Mutter höflich in

 die Halle. Ralf war offenbar nicht mitgekommen. Linh vermutete, er hatte einfach die Mutter geschickt, die Kinder zu holen. Zu Hause würde er sich nur um die Tracht Prügel kümmern.

»Was soll das hier?«, empörte sich Leons Mutter unterdessen. »Wo ist denn nun diese verdammte Gespensterparty? Wo sind meine Kinder?« Sie schaute sich um.

Eric ging den beiden in Fechtausrüstung entgegen. Er stellte sich vor und gab Leons Mutter die Hand. »Sind Sie Leons Mutter?«

Leons Mutter sah Eric von oben bis unten an. Sie verweigerte ihm den Handschlag. »Sind Sie eines der albernen Gespenster?«, fuhr sie ihn scharf an. »Was ist das für eine Party hier? Von dieser Schule oder von wem? Wie kommen Sie dazu, meine Kinder zu dieser Party zu entführen?« Sie entdeckte die seitlich abgelegten Floretts und schüttelte verständnislos den Kopf.

»Wir haben niemanden entführt«, stellte Eric richtig. »Nur die Gespensterparty war geflunkert, weil Leon Ihnen gern etwas zeigen möchte.«

»Mir zeigen?«, fragte die Mutter verwundert. Ihr Ärger war noch lange nicht verflogen. »Dem werde eher ich gleich etwas zeigen.«

Eric holte Linh und Leon rein. Beide auch in Fechtmontur und unter den Masken versteckt. Die beiden salutierten, wie es in den Fechtregeln festgelegt war.

»Fertig?«, fragte Eric. Beide nickten und Eric rief: »Los!«

Linh startete einen langsamen Angriff. Sie wusste, für Anfänger war es am einfachsten, zunächst nur zu parieren. Das würde Leon gut gelingen, zumal Linh ihre Bewegungen fast zum Mitschreiben langsam ausführte.

Leon gelang die Parade wie erwartet gut.

Linh setzte zu einem zweiten Angriff an. Auch den parierte Leon vorbildlich. Genau so, wie sie es immer trainiert hatten.

Es war erstaunlich wie sehr Leon sich plötzlich konzentrierte und vor allem beherrschte. Nichts mehr von seiner ungestümen, wilden Art, wenn seine Aggressionen mit ihm durchgingen. Linh spürte, Leon wollte vor allem eines: jetzt keinen Fehler machen, sondern vor seiner Mutter gut aussehen. Nicht mal auf seine Beinarbeit musste Linh ihn hinweisen, die er sonst so gern vernachlässigte.

Aber Leons Mutter hatte noch gar nicht erkannt, wer da vor ihr kämpfte.

»Was soll das Theater?«, meckerte sie. »Ich interessiere mich nicht fürs

Fechten und ich will auch keine Gespenster sehen. Jetzt will ich endlich wissen, wo meine Kinder sind!«

»Hier!« Leon unterbrach den Kampf und nahm seine Maske ab.

Ilka kam mit Clara hinter den Kästen hervor.

»Da seid ihr ja!«, rief Leons Mutter. »Was treibt ihr hier? Was soll das alles?«, fragte sie in einem vorwurfsvollen Ton.

Walter stellte sich nun vor sie. »Ich kann Ihnen erklären, weshalb sie hier sind.«

»Das interessiert mich nicht. Lassen Sie mich endlich zu meinen Kindern und uns nach Hause fahren, sonst rufe ich die Polizei.« Drohend griff Leons Mutter zu ihrem Handy.

»Die Polizei ist schon da!«, antwortete Walter und hielt ihr seinen Dienstausweis vor die Nase. »Genau darum geht es ja.«

Die Mutter stutzte. »Polizei? Was haben die beiden verbrochen?«

»Die beiden nichts«, beschwichtigte Walter, um dann warnend anzufügen: »Aber Sie!«

»Ich?« Plötzlich wirkte die Stimme der Mutter nicht mehr drohend und wütend, sondern ängstlich. Sie spürte, dass Unangenehmes auf sie zukam.

Walter erzählte ihr nun die Geschichte, weshalb

Leon heimlich mit dem Fechten begonnen hatte. Jabali und Lennart unterstützten ihn bei der Beschreibung der ganzen Geschehnisse. Und Eric schloss mit den Worten: »Um sich gegen Ihren Freund verteidigen und um seine kleine Schwester beschützen zu können, hat Leon bei mir mit dem Training begonnen.«

Leons Mutter schaute entsetzt zu Leon.

»Stimmt das?«, fragte sie ihn leise und begann zu weinen.

Da riss sich Clara von Ilkas Hand los und umarmte ihre Mutter. »Nicht weinen, Mama, Leon hilft dir!«, versuchte sie zu trösten.

»Als Polizist empfehle ich Ihnen dringend, Ihren Freund anzuzeigen.«

Sofort schüttelte sie hektisch ihren Kopf und protestierte. »Nein! Nein! Das kann ich doch nicht.«

»Wenn Sie das nicht tun, dann tun wir das. Dann aber werden Sie mit Sicherheit mit angeklagt!«

Leons Mutter schien völlig durcheinander. Während sie immer noch ungläubig den Kopf schüttelte, fragte sie den Polizisten: »Sie meinen, ich habe gar keine Wahl?«

»Eine Anzeige gegen Ihren Lebensgefährten gibt es auf jeden

Fall!«, versicherte Erics Freund. »Besser Sie tun das selbst!«

Leons Mutter nahm Clara auf den Schoß und versprach es mit einem zögerlichen Nicken.

Plötzlich betrat Ralf wutschnaubend die Halle. Offenbar hatte es ihm zu lange gedauert, bis Leons Mutter mit den Kindern zu Hause auftauchte. Er sah sie weinend mit Clara, und als er Leon entdeckte, stürzte er mit hochrotem Kopf auf ihn zu.

»Was erlaubt ihr euch, ihr Rotzlöffel!«, rief er außer sich, und gerade als er Leons Schulter packen wollte, stoppten ihn dessen Klinge und der Polizist.

»Erstatten Sie Anzeige oder soll das immer so weitergehen?«, fragte der Polizist und hielt Ralf mit sicherem Griff fest.

»Was ist denn hier los?«, brüllte Ralf und versuchte vergeblich, sich aus dem festen Griff des Polizisten zu befreien. »Habt ihr euch jetzt alle gegen mich verschworen?« Dabei starrte er Leons Mutter vorwurfsvoll an.

Leons Mutter nickte entschieden, und mit Tränen in den Augen sagte sie laut und deutlich: »Ich erstatte Anzeige!«

Das waren die drei entscheidenden Worte.

Damit konnte der Polizist Ralf in Gewahrsam

nehmen und weitere Kollegen zur Aufnahme des Protokolls zur Halle bestellen.

Leon lächelte das erste Mal, seitdem Linh ihn kannte, und bedankte sich bei den Fünf Assen. »Ich weiß nicht, was ich ohne euch noch alles angestellt hätte. Danke für eure Hilfe.«

Dann drehte er sich zu Eric, der etwas abseits stand.

»Darf ich weiterfechten?«

»Um jemanden zu erstechen?«, fragte Linh leise.

»Nein«, erwiderte Leon. »Um mit neuen Freunden Sport zu treiben.«

Steht auf
und frühstückt!
nutella
www.nutella.de

Deutschland € 1,95
Nr. 22 15. Oktober 2009
2 EXTRAS
BRAVO
Sport
WRESTLING
BATISTA DREHT DURCH
Jetzt will er Rache am Undertaker
14 POSTER
TOPTEAMS DER CL + COOLE ACTION-POSTER
+30 STICKER
DEUTSCHE & INTERNATIONALE TOPSTARS
BRUTALE GEGNER!
KAPUTTES KNIE!
GESCHUNDENE SEELE!
DRAMA UM RIBERY!
WAS DEN FCB-SUPERSTAR WIRKLICH FERTIGMACHT, UND WARUM IHM BAYERN JETZT ENDLICH HELFEN MUSS
DIEGO
Exklusiv: „Mit Juve will ich jetzt den CL-Titel"
CHAOS BEIM VFB
Jetzt wehrt sich Hitzlsperger
JOGIS NEUE STARS
Ballern Özil & Co. uns bei
COOLE STORYS, STARKE POSTER, JEDE MENGE FUN & ACTION
ALLE 14 TAGE NEU!